青少年成长必读
青春励志故事丛书

彩图版

李 建 ◎ 主编

捕获成功的
情商故事

QINGSHANG
GUSHI

天津出版传媒集团
天津科学技术出版社

图书在版编目(CIP)数据

捕获成功的情商故事/李建主编. —天津：天津科学技术出版社，2012.3（2019.6重印）

（青少年成长必读·青春励志故事丛书）

ISBN 978-7-5308-6869-0

Ⅰ.①捕… Ⅱ.①李… Ⅲ.①故事—作品集—世界 Ⅳ.①114

中国版本图书馆CIP数据核字（2012）第047501号

捕获成功的情商故事
BUHUO CHENGGONG DE QINGSHANG GUSHI

责任编辑：郑　新

出　　版：	天津出版传媒集团
	天津科学技术出版社
地　　址：	天津市西康路35号
邮　　编：	300051
电　　话：	（022）23332674
网　　址：	www.tjkjcbs.com.cn
发　　行：	新华书店经销
印　　刷：	三河市燕春印务有限公司

开本 700×1000mm 1/16　　印张 9　　字数 150 000
2019年6月第1版第3次印刷
定价：29.80元

FOREWORD 前言

　　记忆中那些美好的故事，曾经深深打动过多少心灵，成为我们成长中不可或缺的元素。那些充满了智慧与哲理的寓言故事是我们成长中最美的回忆。

　　寓言故事历史悠久，源远流长。它经常运用拟人化的手法，赋予各种各样的动物、植物以人的思想，给人以深刻的警示和启迪。在这套书里，我们精心挑选了六种类型的寓言故事，分别是知识、美德、情商、谋略、激励和财富。这套寓言故事不仅是向少年儿童灌输善恶美丑观念的启蒙教材，而且是一本生活的教科书。相信小朋友们在阅读的同时，既能得到文学的熏陶，又能得到心灵的启迪。

　　为了便于小朋友们的理解，我们为每则寓言都配上了精彩的图片，相信一定会让你爱不释手。还等什么呢？快快翻开本书吧，和我们一起走进美妙的寓言世界！愿我们把快乐和感动带给成长中的小朋友们。

目录
CONTENTS

盲人琴师和盲人琴童	6
四人过河	7
垂钓者	9
猴子的错话	10
猴子当王	11
心中的顽石	12
将军的铜钱	12
只要有了斧头	14
家鹅与天鹅	15
狮子找力量	16
一块木头	18
小兔和小鸭	19
老鹰与寒鸦	21
两张面孔的蝙蝠	22
模仿小狗的驴子	23
好瓜	25
没有马甲的乌龟	26
龟宰相选接班人	28
猴子的奋斗	30
猴先生	31
猴王驾船	34
高贵的猴子	35
地鼠种菜	36
驴子与农夫	37
两只青蛙	39
驴的闹剧	40
啄木鸟医生	41
蜘蛛和风湿病	43
倒下去又立刻站起来	44
挑水夫	46
小蝌蚪的故事	47
打井	48
熊猫的感情账户	50
一朵小花	51
聪聪的收获	52
百灵鸟和小鸟	53
迷路的骆驼	55
绣花的鹤	56
一生的哲学	57
爱唱歌的公鸡	59
农场的混战	60
牧人与野山羊	61
狐狸和火鸡	62
蛇的悲剧	64
暴躁的野猪	65
孔雀的烦恼	66
大树与芦苇	68
胆怯的小刺猬	69
毛毛虫	70
跳崖的兔子	71

巴比松的故事	72	狼、狮子和狐狸	113
第三只狐狸	74	狮子和它的顾问	115
刚出道的野猪	75	鹿妈妈的见识	116
大石头	76	天下第一画师	118
脱离大鹏的羽毛	77	许愿的教徒	119
倔强的驴	79	虔诚的信徒	121
长臂猿与红毛猩猩	80	回头草	122
肥猪与瘦猪	81	吃鸡的猫	124
狮子与老鼠	82	樵夫和母熊	126
马和驴	83	狼和老婆婆	127
螳螂和蚂蚁	85	花山鸡找蛋	128
球赛	86	爬上岸的螃蟹	129
征友启事	87	小熊和蜜蜂	130
好人和坏人	88	长城砖	131
老水牛的后代	89	月亮为什么害羞	134
西瓜和冬瓜	91	狼与牧羊人	136
狮子和野狼	92	小泥人过河	138
两个奖杯	93	好睡的鼹鼠	141
愚蠢的鹿	95		
瓦罐和铁罐	97		
找不到泉水的老牛	98		
敢闯的小青蛙	100		
蜗牛搬家	101		
猫头鹰搬家	104		
吃亏是福	105		
没有用尽全力	108		
李四与于他的三个朋友	109		
扯开嗓子的乌鸦	112		

盲人琴师和盲人琴童

有位年老的盲人琴师,带着一个盲童,以弹唱为生。老琴师每弹断一根琴弦,就在琴体上认真地刻下一道。有一天,老琴师弹断了第一百根琴弦,他泪流满面地刻下了第一百道。因为老琴师的师傅在临终前曾叮嘱过他:当他弹断第一百根琴弦的时候,便可以打开遗嘱,按照遗嘱中的药方到药店去买药,用药后定能双目复明。

他带着盲童迫不及待地找到了药

店，药店的伙计大惑不解地说:"遗嘱中一个字也没有，只是一张白纸。"老琴师惊呆了，他明白了自己师傅的一片苦心，可是那支撑着生命的精神支柱却彻底崩溃了。不久，老琴师便去世了。

在人的一生中，精神支柱是非常重要的，有精神支柱做支撑，才有了前进的动力。

老琴师在去世前，用盲文在那张无字的遗嘱上写下:"我的生命可以告诉你:要战胜客观环境，首先要战胜自己。人的生命不仅需要物质力量的支持，而且需要精神力量的支撑。"

四人过河

一处地势险恶的峡谷，涧底奔腾着湍急的水流，几根光秃秃的铁索横亘在悬崖峭壁间，这就是过河的桥。

一行四人来到了桥头，一个盲人，一个聋子，两个耳聪目明的正常人。四个人一个接一个地抓住铁索，凌空行进。

结果呢？盲人、聋子过了桥，一个耳聪目明的人也过了桥，另一个耳聪目明的人却跌下深渊丧了命。

站在桥对岸的一个人见到这种情景，就问已过了桥的三个人："为什么你们三个人能够过了桥，而那个耳聪目明的人却过不了桥呢？"

盲人说："我眼睛看不见，不知山高桥险，便心平气和地攀索往前走。"

聋人说："我耳朵听不见，听不见脚下的咆哮怒吼，恐惧相对地减少了很多。"

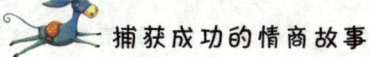

那个过桥的耳聪目明的人则说:"我过我的桥,险峰与我何干?急流与我何干?我只管注意落脚稳固就够了。"

垂钓者

有位年轻人在岸边钓鱼,旁边坐着一位钓鱼的老人。两人并排坐着,奇怪地是,老人家总有鱼上钩,而年轻人一整天都没有收获。一开始年轻人觉得自己运气不好,可是时间长了,他发觉好像是自己的方法不对,便向老人询问:"老人家,我们两人的钓饵相同,坐的地方都是一样的,为何你总能够轻易钓到鱼,我却一无所获?"

老人微笑着答道:"年轻人,我钓鱼的时候,手不动,眼不眨,连心也似乎静得没有跳动,让鱼儿根本察觉不出我的存在,所以它们喜欢咬我的鱼饵。而你在钓鱼的时候,心里只想着鱼有没有吃你的饵,你的眼睛不停地盯着鱼,见有鱼上钩,就很

欲速则不达,太急于求成反而不会成功。稳定身心,沉得住气,才能控制大局。

急躁，情绪不断变化，又怎么会钓到鱼呢？"

猴子的错话

猴子记者预备晚上和朋友聚餐，但临时被派去参加老虎的记者招待会，它只好取消和朋友的约会。

但是不久接到通知，由于老虎的孩子被猎人杀死，记者会招待临时取消了。这个猴子很高兴地告诉它的朋友："好消息，那个老虎的孩子死了，记者招待会取消，我们可以一起吃饭了。"但是，话一说完，它就发觉自己说错话了，别人的孩子死了怎么会是好消息呢？

学会说话时的用词把握。

猴子当王

山中大王老虎要出远门,想来想去,最后把猴子叫来,说:"我出门在外的时候,山上的一切就交给你来掌管吧!"

猴子平时在山上游荡惯了,一时间要做代理大王还真是找不到感觉。于是,猴子开始想办法,揣摩威风凛凛的老虎的心理,模仿它的神态和举止,尽量让自己显得威严庄重。不久,它真的像大王了,以前和它一起玩耍的猴子都对它敬重有加。

不久,老虎回来了。猴子开始苦闷起来:自己已经不是大王了,可是恢复到以前却很难。它的同类开始讨厌它,因为它还是一副大王的架子,在它们面前喜怒无常。猴子痛苦地对同伴说:"你们为什么就不能对我尊敬些呢!毕竟我也是做过大王的!只是恢复到平常太难了。"

心中的顽石

有一位老农的农田中,多年以来横亘着一块大石头。这块石头碰断了老农的好几把犁头,还经常让他跌倒。老农对此无可奈何,巨石成了他挥之不去的心病。

一天,在又一把犁头碰坏之后,老农想起巨石给他带来的无尽麻烦,终于下定决心了结这块巨石。于是,他找来铁锹伸进巨石底下,却惊讶地发现,石头埋在地里并没有想象的那么深、那么厚,稍一用劲就可以把石头撬起来。原来自己是被石头外表的巨大给蒙骗了。

学会快速治愈心病。

将军的铜钱

有一位将军要领兵到前方作战,将军胸有成竹,相信一定能够胜利,可是他的部下却不乐观,认为毫无胜利的把握。

捕获成功的情商故事

将军见士气低落,于是集合所有将士,在一座寺庙前面,对他们说:"各位部将,我们今天就要出征了,究竟打胜仗还是打败仗,我们请求神明帮我们作决定。我这里有一枚铜钱,把它丢到地上,如果正面朝上,表示神明指示此战必定胜利;如果反面朝上,就表示这场战争将会失败。"

听了这番话,部将与士兵虔诚祈祷,磕头礼拜,求神明指示。将军将那枚铜钱朝空中丢掷,结果,落地时铜钱正面朝上,大家一看非常振奋,认为神明指示这场战争必定胜利。

后来,部队来到前方,每个士兵士气高昂,奋勇作战,果真打了胜仗。班师回朝后,有部将就对将军说:"真感谢神明指示我们打了胜仗。"那个将军据实以告:"不必感谢神明,其实应该感谢这枚铜钱。"他把身边的那枚铜钱

掏出来给部将看，原来铜钱的两面都是正面。

只要有了斧头

大山下住着一位樵夫，他终日砍柴劳作，终于建成了一间可以挡风遮雨的木房子。有一天，他从集市回来时，发现好不容易建造起来的屋子竟然着火了。

左邻右舍纷纷前来帮忙救火，但是因为风势过于强大，根本没有办法将火扑灭。当大火自行熄灭了以后，这位樵夫拿起一根棍子，跑进倒塌的屋子里不停地翻找着东西。

围观的众人都以为他正在寻找藏在屋子里面的珍贵宝物，所以也都好奇地在一旁关注着他的举动。过了半晌，樵夫终于兴奋地叫了起来："我找到了！我找到了！"

大家于是纷纷向前打探个究竟，结果却发现樵夫手里只不过捧着一把没有柄的斧头。人们"嘘"的一声散开了。樵夫将新木把嵌入斧头里，充满自信地说："只要有了这柄斧头，我就可以再建造一个更坚固的家。

家鹅与天鹅

有一个富裕人家的庭院里驯养了许多飞禽,天鹅和家鹅都在水中游弋。天鹅供客人观赏,家鹅则随时供主人一饱口福。

天鹅和家鹅在园中水池里比肩漫游,一个说自己是花园中的常客,另一个则夸耀自己是主人家的贵宾。它们时而随波逐流,时而扎猛子觅食,尽情享受着戏水的乐趣。

这一天,厨师多喝了两杯酒,醉眼昏花地错把天鹅当家鹅。他一把揪着天鹅脖子准备宰杀,好去做一碗汤。天鹅面临着死亡,并没有表现得惊慌失措,而是异常镇定,唱着自己最擅长的美妙歌曲,摇曳着自己优美的脖子,惊得厨师酒也醒了。厨师发现自己的错误后,他说:"我怎么竟将这歌唱家拿来做肉汤?我竟将这舞蹈家拿来饱餐?不,我要是割断了这美妙的歌喉,杀死这美丽的生命,还不知上帝将如何怪罪于我呢。"天鹅终于化险

学会临危不惧。

为夷了,而家鹅再次难逃一死,虽然拼命哀求,但还是免不了会成为主人的腹中之物。

 ## 狮子找力量

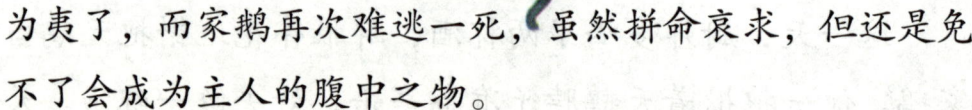

有一天,狮子来到天神面前说:"我很感谢您赐给我雄壮威武的体格,强大无比的力气。可是,尽管我强大无比,每天清晨,我总是会被鸡鸣声吓醒。祈求您再赐给我一种力量,让我不再被鸡鸣声吓醒吧!"

天神笑道:"你去找大象吧,它会给你一个满意的答复。"

狮子兴冲冲地跑到湖边找大象,还没见到大象,就听

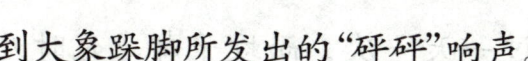

到大象跺脚所发出的"砰砰"响声。

狮子问大象："你干吗发这么大的脾气？"大象拼命摇着大耳朵，吼着："有只讨厌的蚊子，总想钻进我的耳朵里，害得我都快痒死了。"

狮子离开了大象，心里暗自想着："原来大象也会怕那么小的蚊子，那我还有什么好

保持积极乐观的心态能使你变得更加快乐，还能够帮助你走出困境。

抱怨的呢？毕竟鸡鸣也不过一天一次，而蚊子却是无时无刻地骚扰着大象。这样想来，我可比它幸运多了。"

一块木头

有位木匠要买一块木头去做凳子，木头冒起火来："用我去做一条凳子，成天躺在人家屁股底下，简直胡闹！"卖木头的见它不干，也就没有再勉强。

过了些日子，又有人要买它去修补门框，这块木头又大发脾气："我是一块新料，修修补补难道值得用我吗？"卖木头的有点儿不耐烦了，

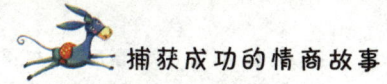

说:"那你究竟想干什么?"

"我是一块新料,应当用在正经地方。比如做根横梁也行,一个大屋顶我完全有力量担当得起;委屈点也该去做一块金字招牌!""好吧,你就等着去做金字招牌吧!"卖木头的人气极了,说着就把它往木堆里一扔。

机遇不会每时每刻都等着你,要抓住机遇,尽量发挥自己的价值。

一年、两年、十年……过去了,虽然有过不少人很需要用它去做一些日常用具,它都一概拒绝。现在,木行里一批批大大小小的木材,都兴奋地接受了木工的加工,成为各种有用的器具。可是,只有它还孤零零地躺在那个老地方,渐渐地腐烂了,白蚁还在它身上钻了许许多多的窟窿。

小兔和小鸭

动物园举办小动物技能培训,小兔和小鸭踊跃地去报名并进入了培训班。

第一节课,熊老师教小动物们跑步。小兔非常高兴,

它一口气从起点跑到终点，得了第一名。小鸭非常难过，因为它怎么也跑不快，小鸭非常羡慕小兔能跑得飞快，就让小兔教它赛跑。小兔辛苦地教，小鸭也学得非常努力，可是，几天过去了，小鸭还是一扭一扭的，跑得慢极了。

几天后，熊老师开始上第二节课，这节课的内容是游泳，这下小鸭高兴了，它扑通跳到水里，快活地游着，好不自在。可是小兔难过了，它都不敢走到水里去。小兔非常羡慕小鸭游得那么好，就让小鸭教它游泳，可是小兔刚一下水，就差点被淹死。

从此，小兔迅捷地奔跑，小鸭快活地游泳，它们再也不相互羡慕了。

老鹰与寒鸦

在一座大山的悬崖峭壁上，住着一只力大无比的老鹰。有一天，这只老鹰捉住了一只小羊羔，飞回了悬崖上的家。寒鸦见老鹰很轻松地就抓回了一只羊，嫉妒得双眼发红，它发誓要抓一只大的绵羊给老鹰瞧瞧。

寒鸦骄傲地拍着翅膀，飞向山脚下正在吃草的羊群，它不停地盘旋，最后落在一只大绵羊的背上，寒鸦一心想把大绵羊抓走，不曾想自己的爪子反倒被羊毛缠住了。寒鸦拼命地扑打翅膀，最终还是无济于事。

放羊人发现了正在挣扎的寒鸦，他赶过来把寒鸦捉住，立即剪短了它的双翅，傍晚时分还把它带回了家，给儿子玩耍。儿子问道："爸爸，这是只什么鸟啊，这么瘦小？"放羊人说："这是一只寒鸦,但它却把自己当成了一只老鹰。"

两张面孔的蝙蝠

鸟与野兽宣战,双方各有胜负。蝙蝠总是依附强大的一方。当鸟和兽宣告停战和平时,交战双方认清了蝙蝠的投机行为。因此,双方都裁定它为奸诈罪,并把它赶出日光之外。从此以后,蝙蝠总是躲藏在黑暗的地方,只是在晚上才独自飞出来。

有一次,蝙蝠掉落在地上,被黄鼠狼叼去,它连忙求饶。黄鼠狼说绝不会放过它,自己生来痛恨鸟类。蝙蝠说它是老鼠,不是鸟,便被放了。后来蝙蝠又掉落了下来,被另一只黄鼠狼叼住,它再三请求不要吃它。这只黄鼠狼说它恨一切鼠类。蝙蝠改口说自己是鸟类,并非老鼠,又被放了。

现实生活中,虽然我们鄙视像蝙蝠这样趋炎附势、左右逢源的人,但是他们遇到危机和困难时随机应变、处之泰然的行事风格值得我们借鉴。

学会在危机时保护自己。

模仿小狗的驴子

农夫养了一只小狗和一头驴子。小狗每天都在农夫面前摇摇尾巴,农夫看了很高兴。驴子见小狗在主人面前这么得宠,非常不服气。它想:"我每天在田里辛苦工作,可是主人却对我这样冷淡。这只狗不过是靠蹦蹦跳跳来讨主人喜欢,我也会做。"

当农夫从田里回来的时候,驴子先到主人面前摇摇尾巴,农夫看了很奇怪,就瞪了驴子一眼。驴子又扑到主人的身上撒娇,结果把农夫的衣服弄脏了。农夫很生气,就拿起鞭子抽它,驴子慌慌张张地跑走了。

好 瓜

有两个老爷爷各自推着一车西瓜上街去卖。到了街口一块空地上,两人一同停下车来。白发老爷爷坐在车辕上,静静地等待着顾客。黑发老爷爷呢,摆开摊子,扯开嗓门,大声地叫喊着:"西瓜,西瓜,沙瓤瓜……"又叫又唱,忙个不停。

白发老爷爷看到黑发老爷爷这样自卖自夸,眉头一皱说:"老弟,好瓜不在高声喊嘛,何必这样做呢!"

谁知,黑发老爷爷不但没住口,反而拿起刀来,"沙啦"一声切开一个瓜,叫卖得更加起劲了。顿时,摊前摊后围满了人,看瓜的看瓜,尝瓜的尝瓜,一下子就把整车的西瓜

> 时代变了,只有才华还不够,要学会不失时机地展示自己。

买光了。

黑发老爷爷很自信地回答说:"我卖的全是好瓜,货真价实,夸一夸,让人们早知道,早买去,这又有什么不好呢?"

没有马甲的乌龟

乌龟在沙滩上晒太阳时,遭到螃蟹们的嘲笑:"瞧瞧,那是一只什么怪物啊,身上背着厚厚的壳不说,壳上还有花纹,难看死了。"

乌龟听后,觉得很羞愧,因为它自己早就痛恨这身盔甲,可这是娘胎里带出来的,它没法改变,便把头缩进壳里,想来个眼不见、耳不听,落得个清静。

谁知螃蟹们见乌龟不反抗,便得寸进尺:"哟,还有羞耻心哩,以为把头缩进去,你就能改变你一出生就穿破马甲的命运吗?"

乌龟等螃蟹们走后，伸出头，迈动四肢，找到一处礁石，它把背不停地在礁石上磨，想磨掉那件给它带来耻辱的破马甲。

终于，乌龟把背磨平了，马甲不见了，但弄得全身鲜血淋漓，疼痛不堪。

这天，东海龙王升朝，宣布封乌龟家族为一等伯爵。并令它们全体上朝叩谢圣恩。

在乌龟家族群里，龙王一眼就瞧见了那只已没有马甲的龟，便大怒道："你是何方妖怪，胆敢冒充乌龟家族成员来受封？"

"大王。我是乌龟呀！"

"放肆。你还想骗朕，马甲是你们龟类的标志，如今你连标志都没有了，已失去了本色，你就不再是乌龟了。"说完，龙王一挥手，虾兵蟹将们就将这只丢掉本色的乌龟赶出了龙宫。

学会保持自己的本色。

龟宰相选接班人

龟宰相因年迈体衰，决定告老还乡，东海龙王批准了它的辞职报告，让它从两个助手中选一个接替它的宰相职务。

龟宰相这下犹豫了，因为它的两个助手螃蟹和乌贼都很精明强干。龟宰相的老朋友蚌知道此事后，说："这还不简单，你看谁进步，便选择谁。"

经过细心观察，龟宰相发现，螃蟹每天上完朝后，就回到自己的办公室处理公务，它的办公室收拾得很干净，最突出的是墙上挂着一张表格，上面详细地标出东海龙王今年出访南海、北海等海域的时间，注意事项；而乌贼呢，上完朝后，总是先去龙宫附近逛逛，欣赏一番美景后，再回办公室。同时，它那八只手总没有闲着，不是从这里采一颗小珍珠，便是从小虾们那里接受一点"孝敬"。

最终，龟宰相决定提拔螃蟹担任宰相。

猴子的奋斗

有这样一只猴子,从降生到这个世界上,它就不甘平庸,发誓一定要做个顶天立地的人物。

开始时,它后腿着地站起来,做最高级的"人",因为它听说,上帝就是那个样子。

但没多久,它发现成为一个"人"实在太难了,不如在动物界里奋斗更容易些,便重新确立目标,去做万兽中的强者——狮子。

然而,没多久,它又灰心了。它觉得自己天生一副滑稽相,学不来狮子的威武和尊贵。可是,它又不甘心虚度此生,思来想去,便又决心发挥自己的脑力,学做大森林中的智囊——狐狸。

这次,猴子坚持了很长时间,大约一个夏季吧,但它最终又泄气了。因为即便想成为一只并不那么显眼的狐狸,也不是一件容易事……

这样,猴子尽管奋斗了一生,但到头来,却还是一只猴子。

学会找准自己奋斗的目标,不要做不切合实际的事情。

猴先生

有一年,动物王国闹饥荒,商店里的食品顿时紧张起来,即使有钱,动物们也不容易买到粮食。

一天,国际动物红十字会从外地调来了一袋玉米,指定用来拯救那些老弱病残的动物们。分配工作就交给了猴先生。

一大早,猴先生就背着那袋玉米,挨家挨户地向动物们分发起来,当猴先生来到一个叫古古的猩猩家时,发现这只老猩猩因饿得发慌,没有力气抓住树枝而掉下来摔断了左腿,此刻正躺在床上痛苦地呻吟。

猴先生赶忙从口袋里捧出一些玉米,古古见了,感激地说:"猴先生,谢谢你,可我现在是又渴又饿,你能不能帮我找点水来?"

猴先生答应了。它把口袋放在猩猩家的凳子上,拿起水桶,走了很远的山路,才找到一处山泉。当猴先生提着满满一桶水回到猩猩家时，见猩猩已睡着了，而放在它家那袋玉米却不见了。

猴先生万分着急起来，因为这袋玉米能救活很多动物的命，许多缺粮的家庭正等着它救命呢。

"古古，古古，你快醒醒，"猴先生急忙去摇猩猩古古的肩膀，想把它叫醒，询问那袋玉米的下落。

"吵什么吵!谁把我吵醒的?"古古睁开眼，看了一下猴先生，"喂，老猴儿，你来干什么?"古古好像完全忘了刚才的事儿。

"古古，你清醒一下，刚才我放到你家的那袋玉米到哪去了?"

"什么玉米?我连鬼影子都没有见过，不要说玉米。要有，我还会饿得四肢无力?"古古说完，故意很响地拍了拍干瘪的肚皮。

"古古兄弟，我知道你生活很困难，加之腿伤未好，不能外出寻找食物，但你想过没有，现在弄一点吃的真不容易啊，像牛奶奶、马大叔它们早就断粮了，可它们刚才还拒绝了我给的玉米，说是要留给更需要的动物们。它们现在每天只靠嚼一点树叶、喝一点凉水充饥，都快撑不住了……"

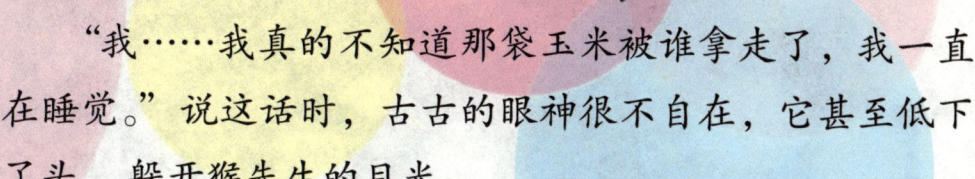

"我……我真的不知道那袋玉米被谁拿走了,我一直在睡觉。"说这话时,古古的眼神很不自在,它甚至低下了头,躲开猴先生的目光。

"古古老弟,我很同情你的处境,你再好好想想我走后有谁来过你家没有?无论你做了什么,我都不会责怪你,现在是非常时期,大家都不容易。"猴先生边帮古古捶背边真诚的说。

古古沉默了一会儿,终于开口说:"是我,是我趁你去提水后,把那袋玉米拖到了床底下,实在对不起。"说完,猩猩揭开床板,露出了那袋玉米。

其实,猴先生进门放下水桶时,就发现了从凳子到床之间撒了几粒玉米,又见玉米袋不见

了，它心里便明白是怎么回事。但它知道在这困难时期，猩猩这样做，也是有点迫不得已。所以，它一直没有揭穿猩猩的谎言，照顾了它的自尊，而用真诚的劝诫，让猩猩承认了错误，并主动交出了玉米。

猴王驾船

猴群中有一只小猴曾经向鸭子学过驾船技术，每次猴群过河都是它驾船冲浪。有一天，猴王决定跟它学驾船。于是，小猴子便教它如何扬帆，如何掌舵，如何撑篙，如何摇橹……通过一段时间的练习，

拥有高超的技艺只是成功的因素之一，而专心致志才是成功的关键。

猴王完全掌握了驾船技术。

"来，咱们来一场比赛吧！"猴王对小猴子说。比赛的结果是猴王败北，它恼羞成怒："你竟敢对我留一手，捆出去杀了！"

小猴急忙说："陛下，等我说完你再下令也不迟。你落后的时候一心想超过我，摇橹撑篙的动作都变形了；你在超过我时，怕我赶上你，掌舵的时候也没用心。你的心根本没在驾船上，虽然你的技术一点也不比我差，但你还是输掉了。"猴王听后恍然大悟。

高贵的猴子

有一只猴子被耍猴人捉住，十分害怕。谁知耍猴人给它穿上红袍，戴上纱帽，教它抬起前脚直立着走路，又教它坐在椅子上抽旱烟，模仿人的模样与动作。猴子学了几天，全学会了。

于是，耍猴人就整天带着这只猴子到处表演，人们看到猴子的精彩表演，都纷纷给它鼓掌喝彩。猴子得意极了，它觉得自己比其他动物都高贵。

可是可怜的猴子却从来没有反省过，它自认为的高贵是用最珍贵的自由换来的。

地鼠种菜

一天，地鼠走过白兔的田里，看到绿油油的一大片，便问道："兔哥哥，你种的是什么庄稼，长得这么好呀？""是小白菜。"白兔回答。地鼠听了，急忙回到自己地里，把萝卜苗都锄了，种上了小白菜。

一天，地鼠走过猴子的田里，看到一排又高又大的庄稼，便问道："猴子伯伯，这是什么呀？""这是玉米。你

做事情要立场坚定，不要不经思考就随便改变主意。

看,今年的玉米该吃不完啦!"猴子兴奋地说。地鼠听后,又把白菜都锄了,重新种上了玉米。

可是,地鼠播下玉米种子不久,冷风就从北方吹来了,大地上的绿叶渐渐枯萎了。地鼠种的玉米刚抽出几根嫩芽就冻僵在地里。地鼠忙了一年,结果什么也没收到。

驴子与农夫

驴子每天都要为农夫干活,任务很繁重,有时根本就吃不饱。于是,驴子对宙斯说:"请你让我离开农夫吧!我想换一个新主人。"

宙斯答应了它的请求,把它卖给了一个陶工。陶工安排驴子从野外搬运沉重的黏土,并把制造好的陶器运送到集市上。陶工一直都在制陶,于是驴子也跟着不停地搬运,它的生活比以前更劳累。

无论做什么工作,都要付出辛苦。不想付出劳动就有所收获是不可能的。

驴子忍受不了这样的生活,于是又请求宙斯再给它换一个主人。"这次你一定要给我换一个既受主人重视又很轻松的地方!"于是,宙斯又把驴子卖给了一个皮匠。

它一到皮匠那里,看到里面的情形就后悔不已。主人倒是很器重它,那是因为驴子有一身好皮。驴子痛苦地说:"我真不幸!留在以前那些主人那里该多好啊!现在连我的皮都得交给这个人了。我早应该明白,到哪里工作都是要吃点苦的。"

两只青蛙

这个夏天一丝风也没有，天气干燥得嗓子都冒青烟，大河的流水在减少，小溪的水更少了，小池塘就别提了，全被太阳烤干了。

池塘里有两只青蛙，它们渴得哇哇乱叫。一只青蛙对另一只青蛙说："朋友，人类这时候还有个屋子可以躲避烈日，就是小虫子也能钻到地底下乘凉。就数我们可怜了，池塘干了，就没处可去了！"

另一只青蛙说："可别这样想，我们现在就离开这里吧，找个更适合我们的地方待着。"

说着，两只青蛙离开了池塘，它们一路蹦跳，来到一口水井旁。一只青蛙见井里有水，兴奋地就要往下跳。另一只青蛙赶紧拉住同伴说："千万别下去，这可不是闹着玩的。如果这口井的水也干了，那你怎么上来呢？"

它的朋友听了提醒，仔细一想：也是啊，我怎么只想着

做事情不要只顾眼前，要有长远的打算。

躲开眼前的痛苦而忘记考虑后面可能会有的更大的灾难呢，还是不要冒这个险吧，以后遇事也要多想想才行。

驴的闹剧

有头驴费尽心机，终于爬上了屋顶。在人们的围观中，它得意地手舞足蹈，结果把屋顶的瓦片全踩碎了。

主人从地里干活回来，发现了驴子在屋顶上的闹剧后，他立刻爬上屋顶，把驴子赶了下来，并用一根粗棍子狠狠地打了它一顿。

"为什么打我？昨天我发现猴子也是这样跳的。你却非常高兴，好像这样给了你许多欢乐似的。"驴子委屈地说。

"蠢货，爬到屋顶上去跳舞，你以为你是猴子吗？别忘了，你是一头驴。"农夫对驴子又是一顿棒打。

啄木鸟医生

鸟儿国发生了一场瘟疫，啄木鸟医生在行医过程中，也不幸身染顽疾。因此，很多鸟类都开始嘲笑它，说它整天背着药箱，却治不好自己的病。然而，啄木鸟医生面对厄运，没有后退，而是用实际行动向厄运说"不"。

在病魔的阴影下，啄木鸟医生单枪匹马地研究治疗这场瘟疫的最佳处方，它把研究出的各种试剂都注射到自己身上，想观察哪一种试剂的效果最好，并拖着病体，艰难地飞到山下，向当地的动物医生们请教。

啄木鸟医生的抗争

终于有了结果,它成功地研制出一种试剂,可以有效地控制这场瘟疫的蔓延,并为此建立了一整套防疫方案。鉴于它为鸟类健康事业作出的巨大贡献,鸟类为它竖起了一座丰碑,上书"健康卫士"四个大字。

在困难面前,只要勇敢地面对,顽强地抗争,最终一定会找到解决的办法。

蜘蛛和风湿病

阎王爷造出了风湿病和蜘蛛后，对它们说："孩子们，你们为自己骄傲吧，因为人类只要提起你们，个个感到毛骨悚然。现在你们可以给自己找个落脚的地方了，是居窄小的破房，还是住金碧辉煌的宅院？你们可以分配一下。"

蜘蛛说："我根本不喜欢那小屋。"而风湿病则相反，日夜通风的小破房对它来说求之不得，于是找了一处破房，高高兴兴地安居在一个穷人的脚趾上。

风湿病说："我不认为这地方没我的用武之地，我不可能卷铺盖走人，因为像希波克拉特这样的著名医生总不可能跑到这里来赶我走。"蜘蛛呢，在富家大院的大厅屋檐下安顿了下来，那架势，仿佛要在这里住一辈子。它放下行李就开始了辛勤的工作，布下了它美丽的网，小虫也被它捉住了。可没想到一个女仆发现了它，只要它一结网，女仆就把网扫掉，可怜的蜘蛛只好天天东躲西藏。不得已，在屡屡失败后蜘蛛只得去找风湿病求助。而风湿病比起不幸的蜘蛛来，还要差千百倍。它的主人不是带它去砍柴就是锄地，风湿病想起来头皮都发炸，它说自己还想请蜘蛛关照一下呢。

风湿病说:"唉呀,这里我是一天也不能再呆了,蜘蛛妹妹,我们还是换一下住处吧!"蜘蛛正求之不得,它二话不说,赶紧答应并溜进了破旧房,在这里总算碰不到那常让自己搬家的讨厌扫帚了。而风湿病则更简单,就住在大院里的一位司教身上,并折磨得他从此卧床不起,大夫敷的药也不管用,病是越来越重了。

他们就这样十分明智地交换了各自的住处,并找到了各自能够生存的环境。

倒下去又立刻站起来

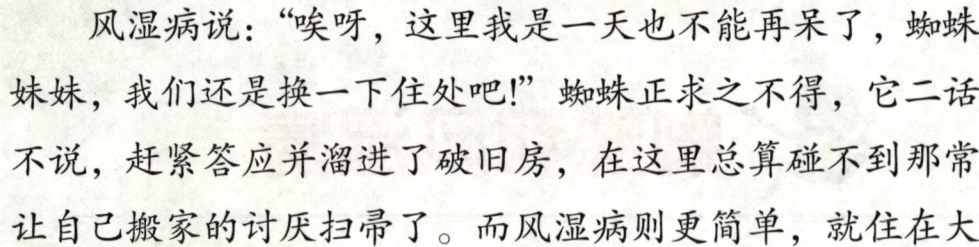

一位父亲为儿子的怯懦感到苦恼,他去拜访一位拳师,请求他帮助训练儿子。拳师说:"把你的儿子留在我这里半年,这半年里你不要见他。半年后,我一定把你的孩子训练成一个真正的男子汉!"

半年后，男孩的父亲来接男孩，拳师安排了一场拳击比赛来向这位父亲展示这半年来的训练成果，被安排与男孩对打的是一名拳击教练。教练一出手，这男孩便应声倒地。但是，男孩才刚刚倒地便立即站起来接受挑战。倒下去又站了起来……如此来来回回总共有二十多次。

拳师问这个父亲："你觉得你儿子的表现够不够男子汉气概？"

"我简直无地自容了，想不到我送他来这里训练半年多，他还是这么不经打，被人一打就倒。"父亲伤心地回答。拳师意味深长地说："我很遗憾，你只看到了表面的胜负，却没有看到你儿子倒下去又立刻站起来的勇气和毅力。那才是真正的男子汉气概！"

挑水夫

一位挑水夫,有两个水桶,分别吊在扁担的两头,其中一个桶有裂缝,另一个则完好无缺。在每趟长途挑运之后,完好无缺的桶,总是能将满满一桶水从溪边送到主人家中,但是有裂缝的桶在到达主人家时,却剩下半桶水。

两年来,挑水夫就这样每天挑一桶半的水到主人家。当然,好桶对自己能够送满整桶水感到很自豪。破桶呢?对于自己的缺陷则非常羞愧,它为只能负起一半的责任,感到很难过。

饱尝了两年失败的苦楚,破桶终于忍不住,在小溪旁对挑水夫说:"我很惭愧,必须向你道歉。""为什么呢?"挑水夫问道:"你为什么觉得惭愧?""过去两年,因为水从我这边一路地漏,我只能送半桶水到你主人家,我的缺陷,使你做了全部的工作,却只收到一半的成果。"破桶说。挑水夫替破桶感到难过,他安慰破桶说:"我们往主人家走的路上,我要你留意路旁盛开的花朵。"

果真,他们走在山坡上,破桶眼前一亮,看到缤纷的花朵,开满在路的一旁,沐浴在温暖的阳光之下,这景象使它开心了很多!但是,走到小路的尽头,它又难受了,因为一半的水又在路上漏掉了!破桶再次向挑水夫道歉。挑水夫温和地说:"你有没有注意到小路两旁,只有你的那一边有花,好桶的那一边却没有开花呢?我明白你有缺陷,因此我善加利用,在你那边的路旁撒了花种,每回我从溪边回来,你就替我一路浇了花!两年来,这些美丽的花朵装饰了主人的餐桌。如果你不是这个样子,主人的桌上也没有那么好看的花朵了!"

小蝌蚪的故事

小蝌蚪要甩掉尾巴,进化成为青蛙。这个消息传出后,朋友们都赶来劝阻它。

鱼儿说:"傻瓜,失去尾巴,你在水里就再也游不动了。"

啄木鸟说:"没有了尾巴,你就无法支撑自己的身躯去工作。"

蝎子说:"甩掉尾巴就等于抛弃武器,敌人来了只能束手就擒!"

山鸡说:"身后边缺少了尾巴,也就缺少了美,缺少了风度!"

总而言之一句话,朋友们都以自己切身的体会苦口婆心地告诫它,尾巴万万丢不得,希望它立刻回心转意。

在成长的道路上,会面临许多选择。只有坚定不移地走自己的路,才能真正成长起来。

但小蝌蚪力排众议,自信地说:"不,你们讲的虽然都是真理,但都是你们的真理,对于我并不适用。假如我一辈子拖着尾巴生活,将永远不会成为一只青蛙。所以,我必须走自己选择的路。"

打 井

一个人打井,已经挖了很深很深,可是还看不到水的踪影。他顿了顿镢头,急躁地否定:"这里不会有水!还是另换个地方从头来吧。"

于是,他又在另一处挖了起来。然而,挖了几天,还是老样子。这回,他彻底泄气了:"唉,白费劲!这块地皮下根本就没水!"

他的朋友闻讯赶来,看了看地上地下的情况,二话没

说，抡起镢头就干了起来。没一袋烟的工夫,两眼井都出了水,成功啦!

"咦,这是怎么回事?"

朋友擦擦汗,笑着回答他:"少抡一镢头,井水都不会自己冒出来。你的失败就在于没有再坚持一下,没有必胜的信念!"

坚持不懈才能获得成功,半途而废只会前功尽弃。

熊猫的感情账户

在动物王国里,熊猫是最受大家尊重的。就连爱挑剔的老狐狸也对它极为佩服,因为很难挑出它的什么毛病。

有一天,刺猬找到熊猫,向它请教道:"熊猫大哥,你为什么那么受人尊重,有什么秘密吗?"

"秘密?没有。"熊猫坦然地答道,"不过,我开设了一个感情账户,不停地往里面存了礼貌、尊重、信用……"

"这样的感情账户有什么用吗?"

"当然有用,你也看到了,我开设了这个账户后,就已经开始受益了。"

一朵小花

一个静寂的夜里，一朵鲜花悄无声息地绽放，它娇艳无比，婀娜柔嫩，在银白色月光的照耀下，愈加显得英姿勃勃。它芳香四溢，清新盈鼻，整个夜晚到处都弥漫着醉人的芳香。然而，它的主人却一直沉浸在梦中，既没看到它的美丽，也没嗅到它的清香，除了做一个比其他夜晚更加香甜的梦以外，他对此一无所知。就这样，那朵鲜花的绽放没有留下任何痕迹。

一个喧闹的午后，主人的朋友们会聚一堂，引经据典，高谈阔论，气氛异常热烈。恰在此时，在那枝刚刚开放过鲜花的花树旁的另一棵花树上，一朵鲜花开放了。它娇柔美艳，婀娜多姿；它也芳香四溢，清新盈鼻。顿时，大家的目光，都被那朵鲜花所吸引，便转移话题，围着那盆花树，夸赞起来。为此，主人非常得意，除了为客人们介绍那朵花的品种、品名和特性外，还向他们自豪地介绍起自己艰辛选择和培育花树的过程。

于是，这棵在人前开放的花树，便被当做重点对象保护起来。主人为它施最好的肥，浇适量的水，做最精心地护理，这棵花树也因为享尽了主人给予它的最好的待遇，而开放得更加频繁，更加美丽。而那夜偷偷开放过的花树，由于主人再也没有理过它，从而缺肥少水，没多久便枯萎地死去了，它死得那样悄无声息，不留痕迹。

聪聪的收获

狐狸聪聪正东张西望地寻找猎物，一只粗心大意的兔子居然来到离它不远的地方吃起草来。聪聪大喜过望，它将肚皮紧贴

着草地，蹑手蹑脚地爬过去，在一块大石头后面停了下来。它望望兔子，又望望脚下，在心中计算着离兔子的距离。然后，慢慢弓起身子，憋足劲儿，就像一支离弦的利箭向兔子扑去。然而，它扑空了。

失败是成功之母，学会寻找失败的原因，就离成功更近了。

兔子一溜烟跑没影儿了，聪聪却没有马上离去。它一次又一次地用脚丈量着石头与兔子刚才吃草的地方的距离，一次又一次地从石头背后向那个地方扑去。

乌鸦看了，觉得十分好笑，在一旁讥笑说："哇，你是在捕捉空气吗？你如果能把空气捉住，可真是个大发明哟！"

聪聪认真地说："乌鸦太太，话可不能这样说。兔子没有捉住，能够找到扑空的原因也是收获啊！"

百灵鸟和小鸟

早春时节，一只百灵鸟飞到嫩绿色的麦田做巢。小百灵们的羽毛慢慢地丰满了，力气也渐渐地

长足了。

有一天,麦田的主人见到已成熟的麦子,便说:"丰收的时候,我一定要去请所有的邻居来帮助收割。"

一只小百灵鸟听到这话后,便赶忙告诉它的妈妈,并问:"妈妈,妈妈,我们现在该搬到什么地方去住才好呢?"

百灵鸟说:"孩子,他并不是真的急切地要收获,只是想请他的邻居来帮他的忙。"

几天过后,那主人又来了,看到麦子熟透了,而且有的已经掉了下来,他焦虑地说:"邻居根本就不能给我多少帮助,如果再不行动,我的麦子就要掉没了。明天,我自己带上家里的帮工和可能雇到的人来收获。"

百灵鸟听到这些话后,便向小鸟们说:"现在我们该搬家了,因为主人这一次真的急起来了。他不再依赖邻居,而要亲自动手干了。"

迷路的骆驼

五头骆驼在沙漠里吃力地行走,它们和主人率领的十头骆驼走散了,只能凭着最有经验的一头老骆驼的感觉往前走。

不一会,从它们的右侧方向走出一头筋疲力尽的骆驼。原来,它是一周前就走散的另一头骆驼。另外四头骆驼轻蔑地说:"看样子它也不是很精明啊,还不如我们呢!"

从失败中总结经验,就掌握了通向成功的最佳方法。

"是啊,别理它!免得拖累咱们!""咱们就装着没看见!"四头年轻的骆驼你一言我一语,都想避开这头骆驼。

老骆驼开腔了:"它对我们会很有帮助的!"老骆驼热情地招呼那头迷路的骆驼过来,对它说:"虽然你也迷路了,境遇比我们好不到哪里去,但是你知道往哪个方向走是错误的这就够了,和我们一起上路吧!有你的帮助我们会成功的!"

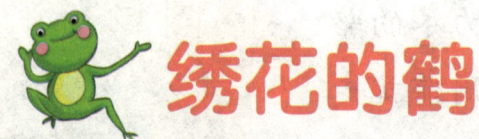

绣花的鹤

大清早,鹤就拿起针线,它要给自己的白裙子绣一朵花,以显出自己的娇艳美丽。刚绣了几针,孔雀探过来问她:"鹤妹,你绣的是什么花呀?"

"我绣的是桃花,这样才能显出我的娇媚。"鹤羞涩地笑了。

"干嘛要绣桃花呢?桃花是易落的花,不吉祥,还是绣朵月月红吧,又大方,又吉利!"

鹤听了孔雀姐姐的话,觉得有理,便把绣好的部分拆了改绣月月红。

正绣得入神时,只听锦鸡在耳旁说道:"鹤姐,月月红花瓣太少了,显得有些单调,我看还是绣朵大牡丹吧,

牡丹是富贵花呀,显得雍容华贵!"

鹤觉得锦鸡说得对,便又把绣好的月月红拆了,重新开始绣起牡丹来。

绣了一半,画眉飞过来,在头上惊叫道:"鹤嫂,你爱在水塘里栖歇,应该绣荷花才是,为什么要去绣牡丹呢?这跟你的习性太不协调了,荷花是多么清淡素雅啊!"鹤听了,觉得也是,便把牡丹拆了改绣荷花……

每当鹤快绣好一朵花时,总有人提出不同的建议。它绣了拆,拆了绣,直到现在,白裙子上还是没有绣好任何花朵。

一生的哲学

有一位哲学家非常知名。有一天,一个女子来敲他的门,她说:"让我做你的妻子吧,错过我你将再也找不到比

做事情要果断,犹豫不决往往会误了人的一生。

我更爱你的女人了。"哲学家虽然也很中意她,但仍回答说:"让我考虑考虑!"

事后,哲学家用他一贯研究学问的方法,将结婚和不结婚的得失一一列举出来进行比较,发现两者均等,这让他不知该如何抉择。于是,他陷入长期的苦恼之中,迟迟无法作出决定。

最后,他得出一个结论:人若在面临抉择而无法取舍的时候,应该选择自己尚未经历过的那一个;不结婚的处境我是清楚的,但结婚会是个怎样的情况我还不知道。对!我该答应那个女人的请求。

于是,哲学家来到女人的家中,对女人的父亲说:"你的女儿呢?我考虑清楚了,我决定娶她为妻。"女人的父亲冷漠地回答:"你来晚了十年,我女儿现在已经是三个孩子的妈妈了。"

哲学家听了,整个人近乎崩溃,他万万没有想到向来自以为荣的哲学头脑,最后换来的竟然是一场悔恨。

爱唱歌的公鸡

一天,当公鸡先生准备一展歌喉的时候,一只叫亚亚的小母鸡走过来,冷冷地说:"公鸡先生,你不觉得你的叫声很难听吗?简直比哭还难听!"

"你说什么!你竟敢如此羞辱我,你连歌都不会唱,有什么资格教训我?"骂完后,公鸡先生一拍翅膀,一抖脖子,准备冲过去,教训教训小母鸡亚亚。

"请息怒,公鸡先生。"这时,一只老母鸡走了过来,挺身而出,拦住了公鸡先生的去路。

"你没有听见它刚才羞辱我吗?"公鸡说。

"公鸡先生,你的歌真的很好听,我们都是你忠实的听众,亚亚也不例外,只是它妈妈昨天晚上被该死的黄鼠狼抓走了,所以它的情绪很不好。"

"原来是这样呀,亚亚你怎么不早点告诉我呢?真对不起,我错怪你了,请原谅。"公鸡先生说完,朝小母鸡亚亚深深地鞠了一躬。

农场的混战

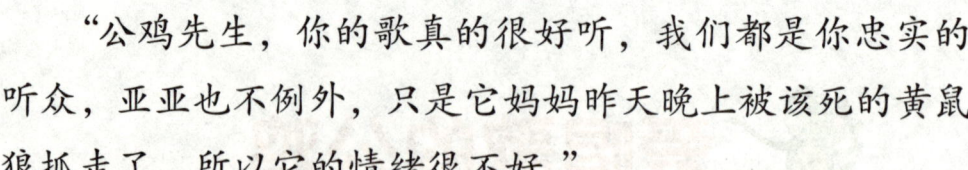

有一只鸭子在谷仓边不小心踩到一只公鸡的脚,公鸡恼怒地说:"我要报仇!"说完便扑向这只鸭子,可是就在同时,它的翅膀打到了旁边的一只母鹅。

母鹅也很生气,认为公鸡是故意打它的,便向公鸡扑过去,可是它的脚不小心踩到了猫。猫也很气愤,它喵喵地叫着

宽容大度地对待别人,定能赢得别人的尊重。

奔向母鹅。可是就在它奔过去的时候,它的脚碰到了一只山羊。

山羊咩咩地叫着,便向猫撞过去。但就在这时,有一头黄牛从那儿走过,被山羊撞了一下。黄牛大吼一声,便横冲直撞地追向山羊。

由此,农场引发了一场混战。而这一切的起因是从这只鸭子意外地踩到公鸡的脚趾开始的。

农夫听到骚乱声,马上跑出来,生气地把这些动物统统关到各自的笼子里。它们自由自在的好时光就这样结束了。

牧人与野山羊

牧人把羊群赶到牧场去放牧,看见有几只野山羊混杂在羊群里。傍晚,他将所有的羊都赶进了羊圈。

第二天,暴风雨大作,牧羊人不能到牧场放牧,只好在羊圈里饲养它们。他丢给自己的羊一点点饲料,保证它们不至于被饿死,而为了想把外来的那几只野山羊留下,成为自己的,他却给了它们很多的食物。

雨停后,牧人把所有的羊都赶向牧场,来到山下时,那些野山羊全都逃跑了。牧羊人指责它们忘恩负义,得到了特殊照顾,却仍要逃走。野山羊回过头来说:"正因为你对我们特殊照顾,我们才要更加小心谨慎。你因为我们是新来的,而冷淡了你以前一直饲养的。如果今后再有其他的野山羊来,你一定又会冷落我们而偏爱它们。在你这里生活,我们的明天太没有保障了。"

狐狸和火鸡

为了对狐狸的进攻进行有效的抵御,火鸡把自己栖息的树当成了一座城堡。阴险的狐狸已经绕着树转了好几圈,瞧见每只火鸡都在放哨警戒,不敢怠懈,它狠狠地喊着:"这些躲在树上的家伙居然敢跟我作对,我对天

发誓，我绝不会轻饶它们的！"

狐狸在进攻敌手方面毫不含糊，它诡计多端，一肚子坏水。这天晚上，它装作佯攻向上爬，忽而又蹲起身子向上移，忽而装死躺下，一会儿又爬起来，竖起肥大的尾巴，耍尽了骗人的把戏。

在这段时间里，没有一只火鸡敢放松警惕打一个盹，敌情使它们两眼圆睁，紧张地注视着树下的风吹草动。

时间一长，这些可怜的火鸡都头晕目眩，不断地从树上栽下来，几乎有一半的火鸡掉了下来。狐狸把掉下来的火鸡逮住，全都拴在了一起，并把它们全宰掉放进了自己的食品橱。

面对狡猾的敌人，不仅要提高警惕，也要有清醒的头脑和坚持到底的精神，不然是不能取得最后的胜利的。

 蛇的悲剧

蛇幸福地生活在一个潮湿的山涧中,已经有好多年了,但今年夏季有些不妙,一只雕不知从何处来,已经有好几条蛇成了它的美餐。

蛇赶紧召开大会,准备选出蛇王,带着大伙迁走,因为"蛇无头不行"。

为了保证选举的公正性、合法性,蛇开始制定选举的程序,在关于投票点和计票方法的安排上,大大小小的蛇发生激烈的争执。一连两个月,这个问题都没有得到很好地解决。

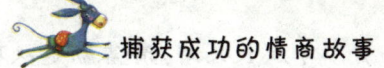

到了第三个月,它们已没有必要争执了,因为它们都成了雕的果腹物。

暴躁的野猪

一头雄壮的野猪是一片山林的统治者,它性格暴躁,山林中的小动物都心怀怨恨。

狐狸、山羊、猴子等多次商议,也没有什么好办法,便去请教长期生活在野猪山洞旁边的小松鼠。"野猪性格特别急躁,要逼它生气、发怒,再想办法治

愤怒会让人丧失理智、头脑混乱,所以我们一定要远离愤怒。

它!"小松鼠说。大伙一听觉得有理。猴子说:"我在树上激怒它,把它引到悬崖边,狐狸你看好,时机成熟时叫山羊把它抵下悬崖。"大伙都表示赞同。

于是,猴子到野猪洞前故意喧哗,把野猪搞得极不耐烦,野猪便跑出来驱赶猴子。猴子一边逃,一边骂,野猪越来越怒,它吼声如雷,一步步被引到悬崖边。愤怒让它丧失了理智,狐狸见机会来了,向山羊暗示。山羊从高处冲下,把野猪撞下了山崖。

孔雀的烦恼

孔雀向王后朱诺抱怨:"王后陛下,您赐给我的歌喉,没有任何人喜欢听,可您看那黄莺小精灵,歌声婉转而甜蜜,出尽风头。"

朱诺听它如此言语,严厉地批评道:"妒嫉的鸟儿,你看你脖子四周,是一条如七彩丝绸染织的美丽彩虹,当你舒展着华丽羽毛出现在人们面前时,大家就好像见到了色彩斑斓的珠宝。这世界上没有任何一种鸟能像你这样受到别人的喜爱。

我分别赐给大家不同的天赋,有的天生长得高大威猛;有的如鹰一样勇敢,隼一样敏捷;乌鸦则可以预告征兆。大家彼此相融,各司其职。

所以,我奉劝你不要抱怨,不然的话,作为惩罚,你将失去你美丽的羽毛。"

知足常乐,人要学会满足,不要有嫉妒之心,就会活得更快乐。

大树与芦苇

河堤上有一排大树,河边零零星星生长着一些孱弱的芦苇。

大树常常对小芦苇说:"我真替你们担心啊,要是刮起了大风,你们恐怕就要被刮跑了!"

小芦苇摇摆着身子说:"可是我生来就这样啊!虽然我弱小,但也不至于一无是处吧!"

一天,真的刮起了狂风。大树挺起胸膛拼命抵抗,并鼓励旁边惊恐万分的芦苇说:"孩子,一定要顶住,风过去了就好了。"

风过了,堤坝上粗壮的大树都被连根拔起,而弱小的芦苇却毫发无损。倒在一边气息奄奄的大树奇怪地问道:"为什么我们这么强壮却被风刮断了,而纤细、软弱的你却什么事都没有呢?"

芦苇回答说:"面对强劲的大风,我们觉得没有足够的力量抗拒,于是就低下头,躲避风头,这样才能免受其害。你们虽然很强大,自以为有资本,非要和这种风险争个高下,结果自然被狂风刮倒了。"

胆怯的小刺猬

"你为什么整天都趴在窝里不出来呢?"快乐的小松鼠站在刺猬的洞口呼唤这位矜持的邻居。

"因为我害怕看到别人!"里面传来小刺猬细微的声音。

"那有什么好怕的,它们都很友好,而且都希望和你成为朋友!"松鼠劝慰说。

"我知道,但是我长得很难看……而且长满了刺……你们会不喜欢我的!"刺猬不好意思地说。

"那不正好吗?你的刺可以保护我们,再说朋友之间还是需要有点距离的,这是你的优点啊!"小松鼠兴奋地叫道。

"可我没有你那么能说会道,我能和别人聊点什么呢?"

刺猬探出了头。

"你的口才也很好啊,看你为自己找起借口来多能说!"松鼠开玩笑地说。"随便说什么都行,我们俱乐部的朋友都是随便聊的,在那里你还可以享受蜂蜜。"松鼠兴高采烈地说,"说不定大家还会推选你去保卫部任职呢!"

小刺猬终于走出了那一步。

毛毛虫

毛毛虫从小就被训练要学会跟随大虫,毛毛虫的家族里流传着一句名言:"永远跟随成功者,有经验者。"一代一代过去了,它们跟随的习性已经深入骨髓,至于跟随的原因早已忘却。

大水把毛毛虫家族冲到一个从未到过的地方,家庭头领带着大家转来转去,找不到合适的地方。它一直转呀转,其他毛毛虫也跟着转呀转,一只小毛毛虫说:"咱们旁边草丛不是很适合我们吗?"别的虫白了白眼,谁也不说话,又转了几圈,小毛毛虫忍不住了,于是它独自走了,剩下的毛毛虫继续跟着转，直到力竭而死。

跳崖的兔子

兔子的胆小是出了名的。有一次，众多兔子聚集在一起，为自己的胆小无能而难过。它们越谈越伤心，就好像已经有许多不幸发生在自己身上。

它们觉得自己的这种生活是毫无意义，这又成为了它们自我厌恶的根源。它们都觉得，与其一生心惊胆战，还不如一死了之好。

于是，它们一致决定从山崖上跳下去了结自己的生命，结束一切烦恼。就这样决定了，它们一齐奔向山崖，想要跳崖自尽。

这时,一些青蛙正围着湖边蹲着,听到急促的脚步声,如临大敌,立刻跳到深水里逃命去了。

这是兔子每次到池塘边都会看到的情景,但是今天,有一只兔子突然明白了什么,它大声地说:"我们还是回去吧!青蛙比我们更弱小,可是它们却还能继续勇敢地活下去,我们何必这么想不开呢?"

巴比松的故事

蟋蟀巴比松曾两次登台演出,都失败了。此后每次登台,它都紧张,形成了舞台恐惧症。

一天夜里,它的好友蛐蛐请巴比松到树枝上弹琴。月光如水,四周一片静谧,巴比松平静地奏起优美的月光曲。一曲终结,四周欢声雷动。蛐蛐燃亮灯烛,巴比松这才发现到场的有那么多小昆虫。

它成功了,从此克服了胆怯,成为昆虫王国的优秀钢琴家。

克服胆怯心理,将你的才华尽情地施展出来,你就获得了成功。

第三只狐狸

狮子经理吩咐三只狐狸去做同一件事：去森林调查一下兔子的数量、分布、习性。

第一只狐狸5分钟后就回来了，它并没有亲自去调查，而是向狼打听了一下情况就回来做汇报。30分钟后，第二只狐狸回来汇报，它亲自到森林里了解了兔子的数量、分布、习性。第三只狐狸90分钟后才回来汇报，原来它不但去森林里了解了兔子的数量、分布、习性，而且根据狮子经理的一贯需求，将地形绘制了一幅地图，并制定出了捉兔子的最佳方案。

第二天，狮子经理就奖赏了第三只狐狸。

刚出道的野猪

有一头野猪，从一出生就被关在一个山洞里喂养。它的妈妈十分宠爱它，平常舍不得放它出去锻炼，直到野猪长大了，牙齿长得又长又尖，它妈妈才放它出山洞，让它去自谋生路。

捕获成功的情商故事

　　这头刚出道的野猪，刚开始碰到的恰好都是些力气比它小的动物，理所当然.这些小动物也都成了野猪的"阶下囚"，野猪为此洋洋得意。

　　隔了几天，这头野猪碰见了一只狼，它扑上去就把狼咬死了，这一下，野猪更加得意了。它决定要凭着自己的本领"雄霸天下"。

　　一天，这头野猪在森林里遇见了一头大象，野猪想：这家伙个头真大，但看样子并不灵活，我要在它面前显示一

下我的力量。野猪带着必胜的信心,毫不犹豫地朝大象冲了过去。

大象毫不惊慌,它伸出长长的鼻子把野猪卷了起来,高高举起,然后狠狠地摔到地上,几脚就把这只狂妄自大的野猪踩死了。

大石头

山坡上有一块非常光亮整洁的石头,石头周围,绿草茵茵,鲜花盛开,生机勃勃。石头下方的不远处是一条碎石子路。石头居高临下,可以看到路上很多的人和牲畜。

一天,山坡下传来人们的说说闹闹声。石头朝山坡下望去,只见很多人用鹅卵石铺路。看这阵势,人们要用很多鹅卵石铺成这条路。

石头在山坡上想:

"我待在这儿干什么呀,我应当和鹅卵石在一起才对,它们是我的兄弟姐妹。山坡上的花草与我有什么关系,我要离开这里,到山坡下的路上去。"

想到这儿,大石头自己开始滚动起来。真巧,大石头自己滚到了路中间才停住了脚步。石头左右看了看,它们都是和自己差不多一样的石头路。

　　没几天,这条路修好了。接着各种铁皮大轱辘车从路上经过。其中好些铁皮轱辘直接从那块从山坡上滚到路上来的石头背上碾过。此外,数不清的钉着铁马掌的马蹄踏过它,穿铁钉鞋的农民踩过它,成群的牲畜也踩踏它。

　　这块曾经是光滑无比的石子,现在伤痕累累,在灰尘泥土和牲口粪便下面,原来的面目再也看不见了。

　　石头痛苦极了,它后悔来到路上,后悔失去了以往宁静的天堂般的生活。

　　石头恨不得世上能有一种叫做后悔的药让它重返过去的生活,可是,世上还没发明出这种药呢。

 # 脱离大鹏的羽毛

　　有一根非常绚丽耀眼的羽毛,生长在大鹏鸟的翅膀上。在众多羽毛中,这根羽毛与众不同,它每时每刻都闪闪发亮,耀眼夺目,令其他羽毛羡慕不已。它自己也常常得意洋洋。

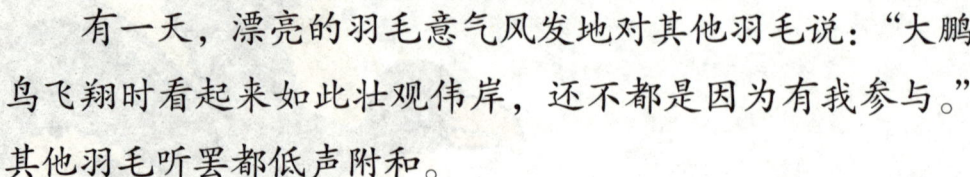

有一天,漂亮的羽毛意气风发地对其他羽毛说:"大鹏鸟飞翔时看起来如此壮观伟岸,还不都是因为有我参与。"其他羽毛听罢都低声附和。

又过了一段日子,那根漂亮的羽毛更加自以为是地对其他同伴说:"我的贡献最大了,没有我的话,大鹏鸟哪里能够一飞冲天啊!"

漂亮的羽毛整天陷在自傲自负的泥沼里,无法自拔。终于,它孤傲且目中无人地对大家宣布:"我觉得大鹏鸟已经成为我人生沉重的负担,要不是大鹏鸟硕大无比的躯体重重地压着我,我一定可以自由自在地飞翔,而且会飞得更远更高。"

说完,它就使出浑身解数,

拼命地脱离大鹏鸟,最后它终于如愿以偿地从大鹏鸟的翅膀上掉落下来,在空中没飘多久,就无声无息地落在泥泞的土地上,从此再也无法高飞了。

自负和骄傲都是通向成功的绊脚石,不要让它们占据你的内心。

倔强的驴

驴夫赶着驴子上路,一再叮嘱驴子走路好的一面,可是倔强的驴子偏要和主人对着干。眼看前面就是悬崖峭壁,驴夫赶紧把驴子往回拽。"再走下去你就没命啦!"驴夫大声叫道。

可是驴子仍然一意孤行,继续朝前走去。驴夫看它就

要跌下悬崖了,一把抓住它的尾巴,想要把它拉上来。可是固执的驴子却挣扎着想要摆脱驴夫的双手。驴夫实在拽不住了,只好放开驴子,说:"好了,让你得胜吧!但那是个悲惨的胜利。"

长臂猿与红毛猩猩

树林里住着两个长臂猿兄弟,它们整天在树枝间荡来晃去。嬉戏玩乐的日子固然欢乐愉快,但对于每天只能找到一点点食物果腹一事,它们一直耿耿于怀。

有一次,长臂猿兄弟闲逛到山脚下的动物园,只见其中一个笼子里关着一只红毛猩猩。在红毛猩猩面前,摆了许许多多的水果和食物,令它们垂涎欲滴。长臂猿弟弟就对哥哥说:"老哥!我真羡慕那只红毛猩猩的待遇,它每天不用做任何事,就有这么多美味可口的东西可以大快朵颐。不像我们必须十分操劳,才能得到稀少的食物。"长臂猿哥哥搂着弟弟无奈地点头说:"你说得对极了。"

这个时候,笼子里的红毛猩猩无精打采地抬起了头,以十分羡慕的眼光望着长臂猿兄弟,心里想着:"唉!我真是羡慕那两只长臂猿兄弟,每天可以在树林里自由地逛来荡去,多么的逍遥自在啊!"

肥猪与瘦猪

猪圈里,一群猪吃饱喝足后,正在聊天。忽然,来了三四个人,他们手里拿着绳子、棍子和刀子,他们要选一头肥猪去宰。一头整日好吃懒做的白色大肥猪成了这群人的目标。他们一拥而上,三下五除二就把这头肥猪捆了起来。

"救命啊!兄弟们,救命啊!"肥猪绝望地哀嚎着。"哈哈!"猪圈里其余的猪看着肥猪的倒霉相,无不得意地笑了起来。"哼!谁要你吃得那么肥呢?活该!你这倒霉的家伙!"

> 嘲笑别人的不幸是一种可耻的行为，学会拥有同情心，并在可能的情况下为别人提供帮助。

一头瘦猪说。

过了三天，这群人又来到了猪圈。"哈哈！今天又轮到哪个肥家伙倒霉了！"那头瘦猪得意地说。

可是，今天这群人怪了，他们朝这头正在得意的瘦猪走来。"上次的猪太肥了，卖不出好价钱。今天，将这个净是瘦肉的家伙宰了！"为首的那人说。

不管这头瘦猪如何哀求，如何辩白自己卖不出好价钱，人们还是把它捆起来，抬走了。

狮子与老鼠

一天，狮子正在自己的洞穴里睡大觉，一只小老鼠不留神掉进洞中，谁知正好落在狮子的鼻子上，吵醒了它。

狮子勃然大怒，抓住这只小老鼠，就要一口吞了它。老鼠苦苦哀求，说它真的是不小心，否则怎敢冒犯狮子大王呢?小老鼠许诺只要狮子放了它，总有一天它会报答狮子的。狮子不屑一顾地大笑起来，小老鼠趁机从狮子的爪缝间溜了。

　　不久后的一天，狮子正在树林里觅食，突然落入了猎人的捕网，身体和脚爪全被绳索套牢，毫无逃脱的希望。

　　狮子绝望的嚎叫声传遍了整个森林，老鼠连忙赶来帮它。老鼠先咬断绳索的扣结，然后毫不费力地把狮子放出捕网。

　　这时，狮子才相信老鼠的话，它明白了一个道理：小老鼠虽小却懂得遵守诺言和感恩，今后不能轻视任何人。想起自己对它的态度，非常惭愧。

马和驴

一匹马配着金光闪闪的马鞍,很骄傲的在路上走着。后来它走进一条狭窄的巷弄里,刚好有一只驴子迎面而来。

驴子的背上驮了很多货物,看起来十分劳累疲倦。因为背上的东西太重了,使得驴子不能很灵活地移动脚步,所以没办法很快的让马通过。马看到这头长得很卑贱的驴子,就很不客气地说:"你还不快一点让开,也不看看你自己是什么出身,竟敢挡住我的去路!"

驴子知道马很不讲理,但是它也没说什么,只是静静地让马先过去。

后来,那匹马被主人骑出去打猎,一不小心把腿摔断了,主人认为没有办法医治,就取下它背上漂亮的马鞍,把它带到田里去工作,要它运送肥料。后来这匹马变得很狼狈,每天都在田里干活。

有一天,驴子又在路上遇到这匹马。它看见马一副可怜样就对马说:"当初你那么趾高气扬,对我那么不礼貌,可是今天你却落得和我一样的下场,而且脚还跛了。你从前那些美丽的马鞍、装饰品都到哪里去了?"

螳螂和蚂蚁

螳螂是拳击高手,每次在擂台上都能战胜挑战者,卫冕自己的金腰带。在今天的这场比赛中,挑战螳螂的是一只大蚂蚁。《动物王国早报》早就报道了这场比赛。

随着裁判的一声口令,螳螂和大蚂蚁便在擂台上打得不可开交。渐渐地,大蚂蚁在螳螂凌厉

表面的输赢只能用来评判比赛,而内心宽容大度的人才是真正的胜利者。

的攻势下，只有招架之功，没有还手之力了。谁都看得出，螳螂必胜无疑。

就在比赛快结束时，螳螂突然脚下一滑，不由自主地往前扑了一下，大蚂蚁乘机一个左勾拳，一下就把螳螂打倒在地上。

"1、2、3……"裁判大声地对躺在地上的螳螂喊着，直到10秒钟过去了，螳螂还没有从地上爬起来。裁判宣布：大蚂蚁挑战螳螂成功！事后，几位资深的体育界元老对记者们透露：螳螂是故意输给大蚂蚁的。

球赛

动物王国正在进行一场足球比赛，两只球队为一决雌雄而拼搏着。

看台上，熊猫对长颈鹿说："甲队的前锋猩猩真棒！竟然在一场中踢进了两个球，真了不起！"

长颈鹿回答道"是啊，太伟大了，简直就是一个奇迹！我看今年的足球先生非它莫属。"

"我看未必，"一只老山羊摸摸胡子说："虽然它的球踢得很棒，但它不懂得与队友配合，故意绊倒对方的球员，还对裁判不恭。"

捕获成功的情商故事

征友启事

小牛贴出了一张征友启事,写道:我想找个朋友,希望能陪我一起吃草,一起玩耍、一起晒太阳……谁能做到以上几点,欢迎联系……

征友启事一贴出,大伙儿就争着去看。可是,山羊、猎狗、花猫和马驹一个个兴奋地走来,又一个个摇着头离开了。结果,小牛一个朋友也没找到。

"唉,世界这么大,怎么连一个朋友也找不到?"小牛向老牛诉苦。老牛听完牛犊的怨言,笑着教了它一个办法。

第二天,小牛又贴出一张征友启事:"我想找个朋友:希望能陪我一起吃草,或者一起玩耍,或者一起晒太阳……谁只要能做到以上一点,就欢迎前来联系……"

新的征友启事刚一贴出，牛栏前就热闹起来。大家把小牛团团围住，山羊说："让我同你一起吃草！"猎狗说："让我跟你一起玩耍！"……

只一会儿工夫，小牛就有了许多朋友。

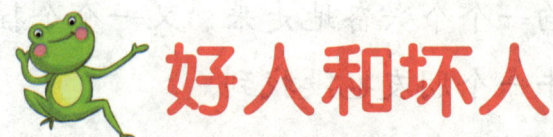

好人和坏人

有位老人静静地坐在小镇郊外的马路边。

一位陌生人开车来到这个小镇，看到了老人，停下车打开车门，向老人问道："老先生，请问这个城镇叫什么名字？住在这里的人属于哪类人？我正在寻找新的居住地。"

老人抬头看了一眼陌生人，回答说："你能告诉我，你原来居住的那个小镇上的人是哪种类型的吗？"

陌生人说："他们都是一些毫无礼貌、自私自利的人。住在那里简直无法忍受，根本无快乐可言，这正是我想搬离的原因。"

听了这话后，老人说："先生，恐怕你又要失望了，这个镇上的人和他们完全一样。"陌生人怏怏不快地开车离开了。

过了一段时间,另外一位陌生人来到这个镇上,向老人提出了同样的问题:"住在这里的是哪一类人呢?"

老人也用同样的问题来反问他:"你现在居住的镇上的人怎么样?"

陌生人回答:"喔!住在那里的人非常友好,非常善良。我和家人在那里度过了一段美好的时光,但是,我因为职业的原因不得不离开那里,希望能找到一个和以前一样的好的小镇。"

老人说:"你很幸运,年轻人,居住在这里的人都是跟你们那里完全一样的人,你将会喜欢他们,他们也会喜欢你的。"

老水牛的后代

老水牛一生都扛着沉重的木棍轭具,在田野里辛苦地耕作,最后累倒在犁头边。

临死,它对两头小水牛说:"儿呀,我死后,你们要像我一样,日出

而做，日落而息，不怕受苦受累……"

两头小水牛果然很遵守父亲的嘱咐。老水牛死后，他们都扛起了木棍轭具，从早到晚埋头拉犁。可是不久，一匹马闯入了它们的生活。马带来了新的耕作工具，它胸部套着皮带和绳子，干起活来两肩着力，十分带劲。

小水牛心动了，对大水牛说："哥，爹留下的这副家当太沉了，压在脖颈上，连气都喘不过来，哪里还使得出劲呢？我要拜马为师，像马那样干活，不能再像爹那般受苦受累了。"

大水牛瞪着眼睛训斥道："兄弟，你好糊涂呵！吃苦耐劳乃是咱们祖辈的遗风，如果把这一条也丢掉了，那咱们牛还有什么可取之处呢？你可千万别违背父亲的遗嘱啊！"

但小水牛不听，还是按照自己的主意做了。从此，小水牛换上了马套式轭具，耕起地来用得上劲，使得出力，一头牛干出了两头牛的工作。

大水牛呢，仍旧扛着沉重的木棍轭具，像过去那样耕耙苦做，时而摇摇两只大角，发出一声沉闷的叫声。

西瓜和冬瓜

盛夏时节,瓜园里的西瓜满地都是,又圆又大,人们争相大批选购。

这时,有一个大西瓜盯着邻地的一个小冬瓜说:"瞧你多没出息!我们是同时种下的,可你现在却还这么瘦小,而且浑身是毛。依我看,你就不必这样强打精神坚持下去了。你就不想想,你能像我这样甜美吗?你的前途又在哪里?"

小冬瓜十分坦然地告诉它:"的确,我现在个子很小,我也永远不会甜美起来。但是,到了秋天,我就能长成四五十斤的大瓜,人们把我抬回家去,会成为他们餐桌上最受欢迎的一味佳肴呢!"

西瓜这才知道,原来冬瓜和它们一样,都十分受欢迎,只是成熟的季节不一样。

狮子和野狼

一头狮子和一只野狼同时发现了一只小鹿，于是它们商量好共同去追捕小鹿，然后再分配猎物。它们合作很顺利，很快将小鹿捕获了。

分享猎物的时候到了，但是，狮子却起了贪念，想自己一个人占有这只小鹿。野狼害怕自己辛苦得来的猎物就此泡汤，赶快说："小鹿是我扑倒的，照理说我应该分一大半！如果不是我，猎物可能都逃走了……"争论评理一番后，事情不但没有解决，狮子反倒对狼起了杀心。

"如果把野狼杀死，那我不就得到了两份猎物了吗？"狮子不由分说，便将野狼扑倒在地，经过了一番争斗，终于把狼咬死了。但是，狮子也受了重伤，根本无法享受美味。

两个奖杯

场上正在激烈地进行击剑比赛,这是一场不同寻常的比赛,世界冠军竟然拿出他的全部看家本领来和一个毫无名气的后起之秀展开"生死"搏斗,而这一切又是他自己精心安排的。

世界冠军完全可以不举行这场比赛,而那个年青人也根本没资格和他进行比赛。但他看过那个年青人的训练,留下了极有震撼力的印象。当他得知,这个年青人由于经济窘迫而不得不把自己埋没在陪别的选手练习中时,他热泪纵横,决意自己出资举办这样一场公开赛。赛前,他就告诉新闻界,在世界上,还有许多比他这个世界冠军更有实力更有前途的人物,我们应该给他们更多的机会。

比赛结束了,后起之

秀战胜了世界冠军，观众们报以热烈的掌声长达十多分钟。

一位观众盯着后起之秀问他的邻座："先生，这场比赛为什么这样轰动？那个年青人不过是头一回露面。"

邻座说："是的，如果他战胜的仅仅是二流或三流选手，或者世界冠军今天不表现出最高水平，他依然没什么了不起。问题是，今天他战胜了世界上最强大的一位，这就意义非凡了！"

这个观众点点头，视线又转向原来的世界冠军，颇有几分同情："我想，失去了王冠，他现在心里一定十分难过……"

另一邻座反驳他："不，真正的强者总是把更强者高高举过头顶的。从这个意义上说，他并没有失败，并没有倒下。"

这时，他们和场上近万名观众一起看到，世界击剑协会主席向后起之秀颁发了珠穆朗玛峰杯，向原来的世界冠军颁发了青藏高原杯。两个奖杯在人们心目中，具有一样的重量，一样的高度，一样的辉煌。

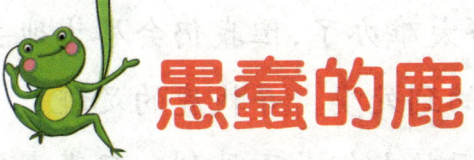

愚蠢的鹿

狮子生了病,睡在山洞里。它对一直与它亲密要好的狐狸说道:"你若要我健康,使我能活下去,就请你用花言巧语把森林中最大的鹿骗到这里来,我很想吃它的血和心脏。"

狐狸走到树林里,看见树林里欢蹦乱跳的大鹿,便向它问好,并说道:"我告诉你一个喜讯。你知道,国王狮子是我的邻居,它病得很厉害,快要死了。它正在考虑,森林中谁能继承它的王位。它说野猪愚蠢无知;熊懒惰无能;豹子暴躁凶恶;老虎骄傲自大,只有大鹿才最适合当国王,鹿的身材魁梧,年轻力壮,它的角使蛇惧怕。我何必这么啰嗦呢?你一定会成为国王。这消息是我第一个告诉你的,你将怎样回报我呢?如果你信任我的话,我劝你快去为它送终。"

经狐狸这么一说,鹿被搞糊涂了,便走进了山洞里,丝毫没有想到会发生什么事情。狮子猛然朝鹿扑过来,用爪子撕下了它的耳朵。鹿拼命地逃回树林里去了,狐狸辛辛苦苦白忙一场,它两手一拍,表示毫无办法了。狮子忍着饿,叹惋起来,十分懊丧。狮子请求狐狸再想想办法,

用狡计把鹿再骗来。狐狸说:

"你吩咐我的事太难办了,但我仍会尽力地去帮你办。"于是,它像猎狗似的到处嗅,寻找鹿的足迹,心里不断盘算着坏主意。狐狸问牧人们是否见到一只带血的鹿,他们告诉它鹿在树林里。

这时,鹿正在树林里休息,狐狸毫无羞耻地来到它的面前。鹿一见狐狸,气得毛都竖了起来,说:"坏东西,你休想再来骗我了!你再靠近,我就不让你活了。你去欺骗那些没经验的人,叫它们做国王。"狐狸说:"你怎么这样胆小怕事?你难道怀疑我,怀疑你的朋友吗?狮子抓住你的耳朵,只是垂死的它想要告诉你一点关于王位的忠告与指示罢了,你却连被那衰弱无力的手抓一抓都受不住。现在狮子对你非常生气,要将王位传给狼。那可是一个坏国王呀!快走吧,不要害怕。我向你起誓,狮子决不会害你,我将来也会伺候你。"狐狸再一次欺骗了可怜的鹿,并说服了它。

鹿刚一进洞,就被狮子抓住饱餐了一顿,并把它所有的骨头、脑髓和肚肠都吃光了。狐狸站在一旁看着,当鹿的心脏掉下来时,它偷偷地拿过来吃了。狮子这时也在寻找鹿的那颗心。狐狸远远地站着说:"鹿真是没有心,你不要再找了。它两次走到你家里,送给你吃,怎么还会有心呢!"

瓦罐和铁罐

一天,闲在仓库里没事干的铁罐对瓦罐说:"反正待着也没有事,不如我们结伴去旅行吧!"

瓦罐不知道铁罐为什么会对自己发出这个邀请。它想:可能是因为我的形状和它的相同吧,但是我们还是有很大的区别,它是用来装燃烧着的木炭的,而我是用来装水的。想来想去,瓦罐还是委婉地拒绝了,因为它知道,老老实实地待在家里是最安全的。对它来讲,哪怕有点磕碰或者出现什么意外都有可能成为一堆碎片。

"你这么坚固,没有什么能让你受损,但是我就不行了,你的好意我心领了。"

"我可以保护你!"铁罐说,"如果有什么硬东西碰到你,我一定会替你挡着!"

就这样,瓦罐和铁罐结

行动之前,要仔细思考,不要盲目地去冒险。

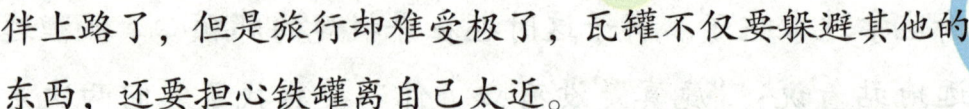

伴上路了,但是旅行却难受极了,瓦罐不仅要躲避其他的东西,还要担心铁罐离自己太近。

"请你离我远一点,别靠近我,只要你轻轻地碰我一下,我就会粉身碎骨的。"瓦罐说,"这样太难受了,我们还是终止这次旅行吧!"

找不到泉水的老牛

老牛听说附近有个甘水泉,水清味甜,十分好喝。它多么想一步踏到甘水泉边,美滋滋地痛饮一顿啊。于是,它便向正西方向去找,翻了一个又一个山岗,穿过一片又一片树林,跑了一个上午,连甘泉的影子也没望见。它浑身大汗,又饥又渴又累,一步也不想动了。

小松鼠看着老牛的难堪相,关切地问:"牛大哥,你怎么累成这个样子,快来歇会儿吧。"

老牛素来瞧不起松鼠之类的小动物,实在不愿与此等小辈枉费口舌,只冷冷地哼一声,又想向前走。

小松鼠很奇怪,追上前又问:"牛大哥,你这是往哪里去啊?"

"找甘水泉!"老牛没好气地回答。

"哎呀,牛大哥,你走错路了。甘水泉在东边,你正好与甘水泉背道而驰,快回头走吧。"

老牛对小松鼠的劝告无动于衷,头也未抬,依旧默默地向前晃动。

在一旁吃草的山羊耐不住了,走过来拦住老牛,劝道:

"牛大哥,松鼠小弟讲的一点不假,甘水泉真的在东边。今天早晨我在那儿喝过水,快点回头走吧。"

老牛不耐烦了,昂起头,两只利角寒光闪闪,一双眼睛睁得又圆又大,瞪着两位热心的伙伴,气愤中带着十足的傲气说:"我们牛,素来以矢志不渝、坚韧不拔的美德著称于世,想叫我丢掉传统的美德吗?妄想!牛们没有走回头路的习惯,只有那些可怜虫才爱走回头路!"说完,依旧低下头,喘着粗气,沿着原来的方向艰难地挪动着疲惫不堪的躯体。

小山羊和小松鼠望着老牛的背影,异口同声地说:"去吧,可怜的有志者,到死你也不会找到甘水泉的。"

敢闯的小青蛙

一只小青蛙厌倦了常年生活的小水沟,而且水沟的水越来越少,没有什么食物了。它每天都不停地蹦,想要逃离这个地方。

它的同伴整日懒洋洋地蹲在浑浊的水洼里,说:"现在不是还饿不死吗?你着什么急?"

终于有一天,小青蛙纵身一跃,跳进了旁边的一个大河塘,里面有很多好吃的,可以自由游弋。

小青蛙呱呱地呼唤它的伙伴:"你们快过来吧,这边

> 外面的世界很广阔,不要只局限于自己的小圈子,要把眼光放长远。

简直是天堂!"但是,它的同伴却说:"我在这里已经习惯了,我从小就生活在这里,懒得动了!"

不久,水沟里的水干涸了,小青蛙的同伴都活活饿死了。

蜗牛搬家

蜗牛住在水池边的石缝里,周围没有花没有草,光秃秃的连个遮拦也没有,它每天饱受风吹日晒之苦。只有阴天下雨时,蜗牛才从壳子里探出身来,舒展一下蜷曲的身子。

一天,蜻蜓、蚂蚁来看蜗牛。

蜻蜓说:"前边有个小土岗子,那儿可是个好地方:有密密的丛林,有鲜花野果,旁边还有一条清清的小河……我俩现在就住在那儿。"

蚂蚁说:"蜜蜂、蝴蝶、青蛙、蚯蚓它们也住在那里。蜜蜂酿蜜,蝴蝶传播花粉,青蛙捕捉害虫,蚯蚓翻松泥土,大家同心协力干活,甭提多快活啦!"

蜗牛听了蜻蜓和蚂蚁的话,很兴奋。它打定主意,到小山岗去住并决心做出一番事业来!

过了两天,蜜蜂来帮助蜗牛搬家。蜗牛看看头顶上的太阳,就有点犹豫了,它说:"我把一切都准备好了,只是今天不能搬家。"

蜜蜂不解地问:"为什么呀?"

蜗牛说:"今天太热了,我行动又慢,强烈的日光会把我晒坏的!"

蜜蜂走了。

过了两天,蝴蝶来帮助蜗牛搬家。蜗牛望望满天风沙,有些犹豫了,它说:"我把一切都准备好了,只是今天不能搬家。"

蝴蝶不解地问:"为什么呀?"

蜗牛说:"我这细皮嫩肉,可禁不住这风沙吹打!"

蝴蝶走了。

又过了两天,青蛙来帮助蜗牛搬家。这天,天空下着小雨,既没有太阳,又没有风沙,可是蜗牛望望那蒙蒙细雨,又有些犹豫了,它说:"我一切都准备好了,只是今天不能搬。"

青蛙不解地问:"为什么呀?"

蜗牛叹了口气说:

"天潮地滑,小土岗的斜坡,无论如何我是爬不上去的。"没办法,青蛙也只好走了。

蜗牛的家虽然没有搬成,可是当它有兴致的时候,总是朝着小土岗那边张望张望,低声叹息着:

"只怪我身体不济,要不我早在那边过着愉快的生活了。"

猫头鹰搬家

猫头鹰急促而忙碌地在树林里飞着。一旁的斑鸠好奇地问:"老兄,你究竟在忙什么?"

猫头鹰气喘吁吁地回答:"我在忙着搬家。"

斑鸠疑惑不解地问:"这树林不是你的家吗?你干吗还要搬家呢!"

猫头鹰叹着气说:"在这个树林里,我实在住不下去了,这里的人都讨厌我的叫声。"

斑鸠同情地说:"你唱歌的声音实在令人不敢恭维,尤其在晚上更是扰人清梦,所以大家都把你当做讨厌的人。其实,你只要把声音改变一下,或者在晚上闭上嘴巴不唱歌,在这林子里,你还是可以住下来的。如果你不改变自己的叫声或者夜晚唱歌的习惯,即使搬到另外一个地方,那里的人还是照样会讨厌你的。"

改变别人很难,但改变自己其实很容易,尝试着改变自己,会拥有更多的朋友。

吃亏是福

村子里有九条蛇。有一天，它们聚在一起夸耀着自己的优点。

青蛇说："我最年轻，充满活力。"

白蛇说："我最强壮，天下无敌。"

花蛇说："我最美貌，引人注意。"

黑蛇说："我最灵活，行动便利。"……

八条蛇都说出了它们的长处，只有一条又老又丑的黄

蛇没有说话。大家一起嘲笑它：

"哈哈．，老不死的东西！"

"这条丑八怪！"

"又老又没用的废物！"……

黄蛇仍然一言不发，既不辩解，也不愤怒，任由别的蛇嘲笑。

不久，村子里田鼠泛滥。一只凶悍的老鹰来联合这九条蛇一同捕鼠。一天下来，它们一共捕到了 10 只肥硕丰美的田鼠。

老鹰问："这 10 只田鼠怎么分配？"

青蛇探出身子来，冒冒失失地说："我们和你对半分好了。"

老鹰心想，我一口就能吃掉一条蛇，你们还妄想平分我的猎物，老鹰愤怒了，冲着青蛇脖子就是一口，把青蛇啄死了。

其他七条蛇见状，纷纷上前同老鹰争辩。

白蛇说:"我们出力不比你出的少,对半分很公平。"

花蛇说:"我们九个分5只田鼠,你一个也分5只田鼠,对半分已经很便宜了。"

黑蛇说:"你想多分我们的田鼠,我们是不会干的。"……

老鹰怒不可遏,上去就是几口,这七条蛇也都成了老鹰的盘中美食。

老鹰发现黄蛇一直没说话,就恶狠狠地问:"你说说看,这10只田鼠应该怎么分?"

黄蛇慢慢的动了的身子,说道:"9条蛇加1只鼠是10个,一只鹰加9只鼠也是10个,这样对半分正合适。"

老鹰满意地笑了。这样,黄蛇不仅保住了命,还衔走了一只肥大的田鼠。

它看着地上同类的尸体,叹息道:"我最大的优点就是能吃亏啊。"

 没有用尽全力

一个人独自修理家里的院落,一开始工作进展得很顺利,石头一块块堆砌好了,只要将最后一块大石头垒上墙头就算大功告成了。然而,这块石头显然是太大了,搬起来十分费力。

他用手推、肩扛、膝盖顶,想尽了办法,但还是一次次失败了。他不服输,依然使出全身力气去搬石块,糟糕的事情发生了,石头滚落下来,重重地砸在他脚上,血流满地。

看到这情景,一位邻居走过来,笑着说:"你还没有用尽自己所能。"他疑惑不解,自己费了九牛二虎之力,怎么能说没有竭尽全力呢?邻居说:"你只是一味地考虑自己个人的力量。其实你只要积极地去思考,就会发现还有许多可以解决问题的方法。比如,寻求别人的帮助……"

在邻居的招呼下,另外几位邻居走过来,一起抬起那块石块,轻轻松松地将它放在合适的位置上了。

李四与他的三个朋友

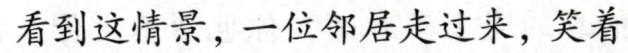

有两个年轻人张三和李四一同去赴一个宴会。

当他们走过一条河流时,一只螃蟹爬过来说:"让我跟你们一同去吧,我想看看人类的宴会是什么样子,我不会给你们添麻烦的,我走路很快。如果你们遇到什么麻烦,我还可以帮助你们。"

"去去去!看你那样子,横七竖八的,丢人死了,离我远点吧。即使我们真的遇上了麻烦,你也帮不上什么忙。"张三不耐烦地说。

"你的模样是世界上独一无二的,我很乐意带着你,你跟我走吧,朋友。"李四说。

螃蟹高兴地跟在李四后面。

当他们翻过一座山时,一只跛腿的狐狸跑过来说:"请带上我吧,我想去看看人类的宴会是什么样的,我虽然是一只跛腿的狐狸,但说不定我会帮上你们什么忙。"

"离我们远点,瞧你那模样,又跛又臊,熏死我了,快走开。"张三掩着鼻子对狐狸怒喝道。

"你的模样是世界上独一无二的,我很高兴带着你,你跟我走吧,朋友。"李四说。

跛腿狐狸感激地跟在李四后面。

当他们经过一个稻谷场时,一根稻草绳跑过来说:

"让我跟你们走吧,我想去看看人类的宴会是什么样子,我不会连累你们的,我走路很快。"

"去去去,看你那模样,瘦骨嶙峋的,还拖着一条长长的尾巴,你一定是世界上最难看的东西了,还是离我远远的吧,不然,我一把火烧了你。"张三厌恶地对稻草绳说。

"你的模样是世界上独一无二的,你跟我走吧,我很乐意带你去参加朋友们的宴会。"李四和蔼地对稻草绳说。

稻草绳感激万分,它紧紧地跟在李四的后面。

张三和李四来到朋友家。朋友不在,从屋里出来一只熊。熊说:"我已经在昨天把这个屋子里的主人吃掉了,今天专门等着你们俩呢!"说完张开大口,扑向张三,一口咬断了他的脖子。

待它扑向李四时,跛腿狐狸连忙放出一个臭屁,熏得那只熊头晕脑胀,正晃悠间,稻草绳上前紧紧地捆住了它。螃蟹上前夹断了它的喉咙,夹断了它的舌头,夹瞎了它的双眼。

李四上前剥了熊皮,把熊掌煮熟吃了,然后扛着熊皮,带着他的三个朋友,回家去了。

扯开嗓子的乌鸦

林中百鸟在排练一个大合唱,八哥担任指挥,它把指挥棒潇洒地一挥,合唱队便开始了嘹亮的歌唱!突然,低声部出现一个不和谐音,原来是乌鸦不按规定的音符发声,而是扯开嗓子拼命地高声嘶嚷。

八哥用指挥棒做了个"停"的姿势,声色俱厉地向乌鸦提出批评:"你为什么不按照规定的音符歌唱?"

乌鸦并不认为自己有什么错误,它扬起脖子说:"我的歌声本来就高亢嘹亮,为什么让我在低声部压制我的所长?如果我按照规定的音符歌唱,谁还能听得到我的歌声?"

八哥说:"合唱队是个完美的整体,谁高声谁低声均已是安排妥当!如果为了突出自己便为所欲为,那还有什么规章?"乌鸦一赌气退出了合唱队,合唱队中没有了它那刺耳的嗓音,变得格外和谐动听,格外美妙悠扬!

没有完美的个人,只有完美的集体,要做一个拥有集体观念的人。

狼、狮子和狐狸

年迈的狮王犯了风湿病,躺在病床上一动也不能动,它指派大臣必须找到药来治它的衰老症。

大臣只好在百兽中聘请大夫,形形色色的医生汇集宫中,敬献祖传秘方的也络绎不绝,但在许多次的朝见中单单找不到狐狸,它销声匿迹,躲到哪里去了呢?狼为了献媚,在狮王临睡前对狐狸的缺席肆意诽谤。狮王听信谗言后勃然大怒,马上下旨把狐狸抓来。

狐狸被押进宫来，带到了狮王的寝榻前，它心里清楚这是狼在使坏让它遭受这不白之冤，狐狸说道："陛下，臣以为有的奏折与事实极不相符。比如说我故意不来朝拜陛下，实际上我是去朝拜圣地，祈求上天保佑陛下圣体康复，以了却我的心愿。在朝拜的长途跋涉中我曾遇到一些博学多才的君子，我向他们提及陛下龙体欠佳，精力减退。他们告诉我说，其实您所缺乏的仅是一些热量，您年事已高当然要注意保暖。因此，只要您穿上一件新做的热呼呼的狼皮大衣，您的病情马上就会见好。您只须认真瞧，狼大人的皮就是一件上好的料子。"

狮王深以为信，马上下令生剥了狼皮，砍下四只脚。结果，狮王不仅披上了冒着热气的狼皮大衣，还把狼肉做了晚餐。

狮子和它的顾问

狮子发现自己有口臭,但是它打心底里不愿意承认。有一天,狮子把羊叫来,问:"你能不能闻到我嘴里的臭味?"羊说:"能闻到。"于是,狮子咬掉了这个傻瓜蛋的头。

接着,狮子又把狼召来。"你能不能闻到我嘴里发出的臭味?"狼撒了个谎说:"闻不到。"

狮子把这个阿谀奉承的家伙咬得鲜血淋漓。最后,狐狸被召来了,狮子也用同样的问题问它。狐狸看看周围的情形,说:"大王,我患了重感冒,闻不到什么味。"

鹿妈妈的见识

小鹿和妈妈一起沿着山间小道转悠,忽然发现前面的开阔地带上,一头狼正在追着一只兔子。鹿妈妈和小鹿停下脚步,观看狼追赶野兔。

"狼那么强大,跑得那么快,兔子肯定没机会活命了。"小鹿说。"不,孩子,狼很有可能追不上兔子。""为什么?"小鹿问。

"你想想看,那头狼所在乎的,只不过是一顿午餐而已,追不上兔子,它可以再去捕食其他动物。但对兔子,那就截然不同了,它如果被狼追上,自己的性命也就完了,所以兔子会用尽全力来逃命。"

小鹿转头一看,果然如妈妈所言,狼与兔子之间的距离已越

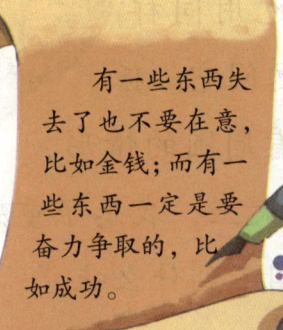

有一些东西失去了也不要在意,比如金钱;而有一些东西一定是要奋力争取的,比如成功。

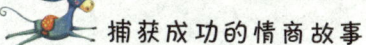
捕获成功的情商故事

来越远,后来,狼终于放弃了追赶兔子,它停下脚步,四处张望,准备重新寻找猎物。

小鹿很佩服妈妈的见识,便又问它:"妈妈,既然狼追不上兔子,那一开始,它就不用去追了。"

"也不能说狼永远追不上兔子,只要狼群一起行动,兔子就是跑得再快,也逃不出它们的围捕;也许,那头狼在开始追兔子时,也希望能遇上伙伴的支援吧。"

 # 天下第一画师

从前,有一个国王,长得身高体壮,只是一只眼睛是瞎的,一条腿是瘸的。一天,他召来三位有名的画师给他画像。

第一位画师把国王画得双目炯炯有神,两腿粗壮有力。

国王看过画之后,气愤地说:"这是个善于逢迎的家伙。"他叫卫兵把这位画师推出去斩首。

第二位画师按照国王原来的样子画得逼真如实,国王看过画像之后,又是一脸怒气,说:"这叫什么艺术!"叫卫士把这位画师的头也砍了。

轮到第三位画师了,他把国王画成正在打猎的样子:手举猎枪,迈着瘸腿,一只眼紧闭着瞄准前方。国王看了十分高兴,奖给他一袋金子,赞誉他为"天下第一画师"。

善于观察和总结经验,才能使自己立于不败之地。

许愿的教徒

从前,有两位很虔诚、很要好的教徒,决定一起到遥远的圣山朝圣。两人背上行囊、风尘仆仆地上路,发誓不达圣山朝拜,绝不返家。

两位教徒走啊走啊,走了两个多星期之后,遇见一位白发年长的圣者,圣者看到这两位如此虔诚的教徒千里迢迢要前往圣山朝圣,就十分感动地告诉他们:"从这里距离圣山还有十天的脚程，但是很遗憾，我在这十字路口就要和你们分手了，而在分手前，我要送给你们一个礼物！什么礼物呢？就是你们当中一个人先许愿，他的愿望一定会马上实现；而第二个人，就可以得到那愿望的两倍！"

此时，其中一教徒心想："这太棒了，我已经知道我想要许什么愿，但我不要先讲，因为如果我先许愿，我就吃亏了，他就可以有双倍的礼物！不行！"而另外一教徒也自忖："我怎么可以先讲，让我的朋友获得加倍的礼物呢？"于是，两位教徒就开始客气起来，"你先讲嘛！""你比较年长，你先许愿吧！""不，应该你先许愿！"两位教徒彼此推来推去，"客套地"推辞一番后，两人就开始不耐烦起来，气氛也变了："你干嘛！你先讲啊！""为什么我先讲？我才不要呢！"

两人推到最后，其中一人生气了，大声说道："喂，你真是个不识相、不知好歹的人，你再不许愿的话，我就把你的狗腿打断、把你掐死！"

另外一人一听，没有想到他的朋友居然变脸，竟然来恐吓自己！于是想：你这么无情无意，我也不必对你太客气．！我没办法得到的东西，你也休想得到！于是，这个教徒干脆把心一横，狠心地说道："好，我先许愿！我希望——我的一只眼睛——瞎掉！"

很快地，这位教徒的一只眼睛马上瞎掉了，而与他同

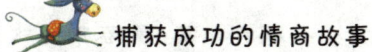

行的好朋友，两只眼睛也立刻瞎掉了。真是损人不利己。朋友间相互不友善的结局就会是个悲剧！

虔诚的信徒

某地发生水灾，整个乡村都难逃厄运，村民们纷纷逃生。一位上帝的虔诚信徒爬到了屋顶，等待上帝的拯救。

不久，大水漫过屋顶，刚好有一只木舟经过，舟上的人要带她逃生。这位信徒胸有成竹地说："不用啦，上帝会救我的！"木舟就离她而去。片刻之间，河水已没过她的膝盖。刚巧，有一艘汽艇经过，拯救尚未逃生者。这位信徒说："不必啦，上帝一定会救我

机会掌握在自己手中，要好好把握，错失良机会让人悔恨终生。

的。"汽艇只好到别的地方救其他人。

几分钟后,洪水高涨,已到信徒的肩膀。这个时候,有架直升机放下软梯来拯救她。她死也不肯上机,说:"别担心我啦,上帝会救我的!"直升机也只好离去。

最后,水继续高涨,这位信徒最后被淹死了。死后,她升上天堂,遇见了上帝。她大骂:"我诚心祈祷您的帮助,您却见死不救。算我瞎了眼啦。"

上帝听后说:"我已经给你派去了两条船和一架直升机!"

回头草

草原上有两匹马正在悠闲地啃着肥美的青草,它们心情舒适,边吃边聊。

"一会儿等我们吃完了,再回头吃吧!你看还有好多没有吃呢!"其中一匹矮点的马说道。那匹高马听后,不屑一顾地说:"好马不吃回头草,往回走什么呀?我可不愿意辱没了名声,要吃你自己回头吃吧。"

不要固守在名誉的枷锁中,要敢于放弃。

两匹马一直往前走,可是草越来越少,矮马说:"我们还是回去吧!恐怕再往前走就没草了。"

高马还是那种傲慢的表情,矮马只好回头走向草原,而高马独自走向前方的沙漠边缘。最后,它一头栽倒在沙漠中了。

吃鸡的猫

从前,赵国有户人家,家中老鼠泛滥成灾,于是,他就到附近的中山国寻找一只善于捕捉老鼠的猫。按照赵国人的要求,中山国的人给了他一只令他满意的猫,这只猫在中山国是有名的捕鼠好手。

可是,这只猫不仅善于捕捉老鼠,还喜欢吃鸡。一个多月后,赵国人家的鼠患被消除了,可是随之又产生了新问题:家里的鸡也被猫吃了个精光。

儿子认为再把这只猫留在家里没什么用了，便对父亲说："这只馋猫吃光了我们家的鸡，为什么不把它赶走呢？"

考虑问题不能只从眼前利益出发，一定要权衡利弊，顾全大局。

父亲告诉儿子说："这就是你所不懂的了。我们家的祸患是老鼠，而不是有没有鸡。试想一下，假如家里没有鸡，顶多在平时我们不吃鸡就是了，还不致于挨饿和受冻！但是假如家里有老鼠，它们就会偷吃我们的粮食，毁坏我们的衣物，损坏我们的家具，打穿我们的墙壁，到那时我们就要忍饥受冻了。那样，岂不是比没有鸡更可怕？我们能把猫赶走吗？"

 樵夫和母熊

樵夫救了一只小熊，母熊对他感激不尽。有一天，母熊安排丰盛的晚餐款待了他。翌日早晨，樵夫对母熊说："你款待得很好，但我唯一不满意的就是你身上的那股臭味。"母熊心里虽怏怏不乐，但嘴上却说："作为补偿，你用斧头砍我吧。"樵夫照它的话做了。

若干年后，樵夫又遇到母熊，问它头上的伤好了没有。母熊说："那次痛了好一阵子，伤口愈合后，我就忘了。不过，那次您说的话，我一辈子也忘不了。"

狼和老婆婆

寒冷的冬夜里,一只狼疲倦地在路上走着。它已经好几天没有进食了。牧羊人总是紧紧地跟在羊群们的身旁,使狼一点下手的机会都没有。迫不得已,狼只好到村庄里走一走,看能不能捉到几只鸡或鸭充饥。

忽然,传来一阵小孩子的哭啼声,狼循着声音过去看看发生什么事。原来是小孩子哭着要吃糖果,他的外婆不给,所以小孩才放声大哭。

这个老婆婆看见外孙哭个不停,觉得很烦,就骗小孩说:"不要哭了!你如果再哭我就把你送给野狼吃掉!"

狼站在窗外听见老婆婆说的话,以为老婆婆真的会把小孩送给它吃,就在外面等。于是,它站在外头等了许久,又冷又饿的它就快要支持不住了。

这时候,狼又听到老婆婆在哄她的小外孙。老婆婆很坚定地对小外孙说:"乖乖!不要怕。如果狼敢跑来这里吃小孩的话,我一定马上把它杀死。"

狼听了,觉得很失望也很奇怪地说:"这个老婆婆怎么说话都不算数?"

 # 花山鸡找蛋

一天,花山鸡正在树林里玩耍,忽然想到:昨天我下的那个蛋丢哪去了?一定要找回来。于是,它东走走,西看看,但始终没有找到。

第二天,它刚要上路去寻找,却又要下蛋了。它急忙钻进一丛草堆里生产。下蛋后,它自言自语说:"等我找到那个蛋,再回来取你。"

这样,花山鸡把刚才产下的这个蛋丢在那里,又上路了。然而,这一天还是没有结果。

第三天、第四天,十天半月过去了,还是没找到。花山鸡气坏了,它发誓不达目的决不罢休!

两个月后的一天,它终于在两块山

石间找到了那个蛋，高兴得跳起舞来。然而，它又猛地记起自己这些日子还下了很多蛋，东一个，西一个，都把它们放在哪里了？不禁有些茫然。想了想，它又下定决心，不厌其烦地开始了寻找……

做事情和写文章一样，都要讲究条理，毫无头绪只会一败涂地。

爬上岸的螃蟹

一只生活在海里的螃蟹突然心血来潮想去陆地上看看，于是它离开海水，到了海岸边。但是，它怎么也适应不了陆地上干燥的气候，它干渴得直吐白沫。好不容易找到了一处有水的地方，但是在那里它也觉得很难受，身子越来越虚弱，还是不停地呕吐，它又着急想回到大海中，于是横着个身子到处爬，不久就迷失了方向，最后干脆趴在地上一动也不动。

一只饥饿的狐狸正愁没有吃的，看见螃蟹后，便跑过去一把摁住它，高兴地说道："真是上天眷顾我，在陆地上找不到吃的，竟然赏赐给我一只海鲜！"

螃蟹在将要被狐狸吞食之前,后悔地叫道:"本来生活在大海里好好的,可是我偏偏鬼迷心窍地来到陆地上,现在,在海里的逃生技巧也派不上用场了,我根本就是自作自受!"

小熊和蜜蜂

好动的小熊忘了妈妈的告诫,独自跑进了森林里。突然,它发现了一个树洞,一股诱人的香甜气息从洞里飘散出来,使得它忍不住直咽口水。

小熊急切地想要弄清楚,树洞里到底有什么。它趴到了树洞口,先是把鼻子凑上前去闻闻,接着又把爪子伸了进去。结果它摸到了满爪子黏糊糊的东西,伸出来一看,爪子上尽是金黄的蜜汁。小熊试着舔了一口,甜得它眯紧了眼睛。可是不容它再尝第二口,暴怒的蜂群就向它袭来了。没一会儿,小熊全身上下都是蜜蜂,它们有的叮耳朵,有的蜇嘴巴,有的刺鼻子……小熊痛得哇哇直叫。

小熊带着满身的伤痕,

学会听取长辈的告诫,不要自作主张。

沮丧地逃回家中,向妈妈哭诉自己的经历。妈妈照例又责备了它一番,并赶紧用泉水帮它洗涤伤口。从此以后,小熊明白了一个道理:应该听取妈妈的告诫。

长城砖

绵延万里的古长城,作为军事防御工程,在武器高度发展的今天,已经失去它的作用。于是,长城砖觉得它们是世界上最低下、最无能、最可怜的砖了!它们十分羡慕那些盖起了一幢幢高楼的红砖,也羡慕那些

筑成了一座座厂房的蓝砖,甚至连农民盖围墙用的那些半头砖,它们也有点羡慕呢!

这天,发生了一件奇怪的事:有一块普普通通的长城砖,忽然被人们掀下来,送上飞机,运到美国一座大城市去展览。这块自惭形秽的砖,居然被放进一个垫着软缎的玻璃匣里,陈列在展览大厅的镀金架上!

从美国各地赶来参观的人,排成一条望不到头的长龙,顺序经过那个镀金架子。在每人只允许停留七秒钟的短暂时间里,他们急忙发表着各自的感想,

"啊,我终于看到了伟大的长城砖了!"

一位大学教授激动地说:"它已经有了两千多年的历史,比我们美国的历史还要长十倍呢!"

"确实了不起!"一位宇航员神采飞扬地说,"我在宇

宙飞船上,从天外观察我们的星球时,用肉眼只能辨认出两大工程:一是荷兰的围海大堤,另一个就是中国的万里长城!"

"然而,这两者是不能相比的!"一位金发女郎接着宇航员的话说,"万里长城是两千多年以前的人类,用相当原始的工具建造起来的——我不说中国人而说人类,是因为这项伟大工程是全人类的骄傲!""是的,是的!"一个尖嗓子的男孩兴奋地喊道,"我们的历史老师也说过:万里长城是人类智慧和创造力的里程碑!"

"长城砖啊!我们看到了你,就仿佛看到了祖国!"一对华侨老夫妻互相挽扶着走过来,热泪盈眶地说:"你坚强、刚毅、庄重,孕育着我们中华民族的伟大灵魂!你是世界上最光荣、最壮观、最可宝贵的砖啊!"……

匣子里的长城砖,听着人们热烈的赞美,由惊讶而深思了:"啊——我们往往只是因为不知道自己的真正价值,才妄自菲薄,只是因为不知道自尊,才失去尊严啊!"

月亮为什么害羞

普天下的人们都说太阳好,说太阳在万物中功劳第一。月亮听了,很不服气。

月亮心想:太阳有什么了不起,一团烈火罢了,就是有些本领,也不值得享受这等荣誉!

一天傍晚,月亮刚刚升起,看见一群逛公园的人。月亮问道:"你们说太阳好吗?"

"好什么呀!"游人们回答说,"白天,太阳晒得人真难受,只好晚上出来逛公园。"

又一天傍晚,月亮看见一群姑娘,打扮得花枝招展准备去参加晚会。月亮问姑娘们:"你们说太阳好吗?"

"好什么呀!"姑娘们回答说,"太阳光把我们的脸都晒黑了,汗水也把新衣裳浸透了!"

又有一天,月亮碰见一群旅行回来的小

学生，他们排着长长的队伍疲倦地走着。月亮问孩子们：

"孩子们，你们说太阳好吗？"

"好什么呀！"孩子们说，"在阳光下走路真苦，我们走得又渴又累！"

月亮听了这些话，更不佩服太阳了。

当太阳休息的时候，月亮当空高悬，它散发着清澈而柔和的光辉，照得大地像被水洗过似的。

人们看看头顶上的月亮，开心地笑了。他们搬着椅子出来，在院子里乘凉，姑娘们走出家门，手挽着手在街头漫步说笑，孩子们互相追逐，在大树下游戏……

月亮看见人们在月光下那么轻松愉快，心想：功劳最大的，应该是我月亮

于是，月亮决定去找太阳评理，它要和太阳分个高低。

这天太阳还没落山，月亮就特别提早升起来了。它远远看见地上有一群人——有男的，有女的，有姑娘，也有孩子，他们望着一片好庄稼赞叹，冲着太阳道谢：

"太阳真好！要是没有太阳光，哪能长出这样好的庄稼！"老人们说。

"太阳真好!要是没有太阳哪能打那么多的粮食!"姑娘们说。

"太阳真好!要是没有太阳,没有庄稼,没有粮食,人们全都得饿死!"孩子们说。

月亮听了,羞愧难当,就赶快躲到那厚厚的云层里去了。

一直到现在,每当月亮想起这件事还不好意思,所以它常常掩着半边脸悄悄地从天空中溜过。

狼与牧羊人

狼对牧羊人说:"我愿意为你效劳,帮助你守护羊群。"牧羊人犹豫不决,狼流着泪说:"不错,我的同伴是伤害过你的羊,但是你总不能用别人的过错来惩罚我吧!"

牧羊人觉得狼说得有道理,于是安排它看管羊群,一开始,牧羊人对狼小心防范。很长时间过

甜言蜜语最易使人上当受骗,对此我们要提高警惕。

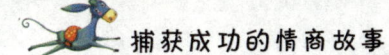

去了,狼始终兢兢业业地工作,后来牧羊人便不再提防。

一次,牧羊人因有事要外出一趟,便把羊留下交给狼守护。可是,牧羊人回来时却发现羊群和狼都不见了,原来,狼趁机把羊群带走了。

牧羊人后悔地叹息:"落得今天这个局面,全是我自己造成的,为什么我会相信不可信赖的狼呢!"

小泥人过河

有一天,上帝宣旨说,如果哪个泥人能够走过他指定的河流,他就会赐给这个泥人一颗永不消失的金子般的心。

这道旨意下达之后,长时间内没有泥人回应。冬去春来,一年又一年。不知道过了多久,终于有一个小泥人站了出来,说他想过河。

"泥人怎么能过河呢?你不要做梦了。"

"你知道肉体一点儿一点儿地失去的那种感觉吗?"

"你将会成为鱼虾的美食,连一根头发都不会留下……"

然而,这个小泥人决意要过河。他不想一辈子只做这样一个小泥人。他想拥有自己的天堂。但是,他也知道,要到天堂,必须先过地狱。

他的地狱，就是他将要去经历的河流。

小泥人来到河边，犹豫了片刻，便把他的双脚踏进了水中。顿时，一种撕心裂肺的疼痛覆盖了他。他感到自己的脚在飞快地溶化着，每一分每一秒都在远离自己的身体。

"快回去吧，不然你会毁灭的！"河水咆哮着说。

小泥人没有回答，只是默默地往前挪动。一步、又一步……这一刻，他忽然明白，他的选择，使他连后悔的资格都不具备了。如果倒退上岸，他就是一个残缺的泥人；在水中迟疑，只能加快自己的毁灭。而上帝给他的承诺，则比死亡还要遥远。

小泥人孤独而倔强地走着。这条河真宽啊，仿佛耗尽一生也走不

到尽头似的。小泥人向对岸望去，看到了那里锦缎一样的鲜花和碧绿无垠的草地，还有轻盈飞翔的小鸟。上帝一定坐在树下喝茶吧，也许那就是天堂的生活。可是他付出一切却可能什么都达不到。没有人知道他，知道他这样一个小泥人和他那个梦一样的理想。上帝没有赐给他出生在天堂当花草的机会，也没有赐给他一双小鸟的翅膀。但是，这能够埋怨上帝吗？上帝是允许他去做泥人的，是他自己放弃了安稳的生活。

小泥人的泪水流下来，冲掉了脸上的一块皮肤。他赶紧抬起脸，把其余的泪水统统压回了眼睛里。泪水顺着喉咙流下来，滴在小泥人的心上。小泥人第一次发现，原来流泪也可以有这样的一种方式：对他来说，也许这是现在唯一可能的方式。

小泥人以一种几乎不可能的方式向前挪动着，一厘米，一厘米，又一厘米……鱼虾贪婪地啄着他的身体，松软的泥沙使他每一瞬间都摇摇欲坠。有无数次，他都被波浪呛得几乎窒息。小泥人真想躺下来休息一下啊！可他知道，一旦躺下他就会永远安眠，连痛苦的机会都会失去。他只能忍受，忍受，再忍受。奇妙的是，每当他觉得自己将要死去的时候，总有什么东西能够使他坚持到下一刻。

不知道过了多久，简直就到了让他绝望的时候，他突然发现，自己居然上岸了。他如释重负，欣喜若狂，正想往草坪上走,又怕自己的衣衫玷污了天堂的洁净。他低下头,开始打量自己,却发现,他已经什么都没有了——除了一颗金灿灿的心。而他的眼睛,正长在他的心上。

好睡的鼹鼠

春天来了。鼹鼠从洞口探出头来。它看见大地上百花盛开,白兔正在草坪上跳跃,蝴蝶正在花丛间舞蹈,青蛙正在池塘里游泳,云雀正在蓝空中飞翔……

"啊,太好了,要是我也能够……"鼹鼠说到这里忙噎住了话头,打量了一下自己,接着叹气道:"唉,我怎么能跟它们比!"

"不,鼹鼠,如果你每天也能出来和我们一起劳动、锻炼,你那瘦弱的身体一定会变得健壮起来!"白兔听见了

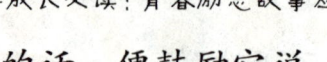

鼹鼠的话，便鼓励它说。

"白兔，你说的是真的吗？"

"真的！鼹鼠，出来吸一吸新鲜空气吧！我们欢迎你！"白兔、蝴蝶、青蛙、云雀齐声对鼹鼠说。

"谢谢你们！"鼹鼠兴奋地向这群朋友们表示，"那我明天一定来！"

鼹鼠回到洞里，兴致勃勃，它打定主意，从明天起要开始新的生活。想着想着，便进入了甜蜜的梦乡……

"鼹鼠，出来吧！"第二天早晨，蝴蝶来叫鼹鼠。鼹鼠从梦中惊醒，见是蝴蝶，不好意思地说："哎呀！对不起，我睡晚了。你们先去吧，明天我准起早。"

第三天清晨，青蛙来叫鼹鼠，它还在呼呼大睡。青蛙把它唤醒了，鼹鼠又埋怨自己说："唉！真糟糕，又起晚了。青蛙，你们先去吧，明天我不用你们叫，一早准到。"

可是第四天早晨,还是没有见到鼹鼠的影子。云雀到洞口瞧了瞧,它又在呼呼大睡哩。

以后,再没有谁去叫鼹鼠了。鼹鼠还是整天躺在阴暗的洞里。不过,它也经常爬在洞口向外望望,照旧赞叹地说:"要是能过着那样的生活该有多美呀!"

捕获成功的
情商故事